# 狼神様と生贄の唄巫女
## 虐げられた盲目の少女は、獣の神に愛される

茶柱まちこ Machiko Chabashira

アルファポリス文庫



https://www.alphapolis.co.jp/

# 序章　洞穴《ほらあな》の少女

日が暮れた雪山の神社――閂《かんぬき》をはめられた拝殿の中。大雪を止めるための生贄《いけにえ》となった少女は、自らの悲運を嘆《なげ》いていた。

手足を縛られた痛みも、横たわった床から伝わる冷たさも、もう感じない。怒りも悲しみも、恐怖心さえ湧かない。

あるのは、静かな虚《むな》しさと、安らかな眠気だけだ。

少女が凍え死ぬのを待っていると、ふと――どこか遠くから、シャリン、という澄んだ音が聞こえてきた。

（熊避《くまよ》けの、鈴……？）

その音は、今にも途切れそうな彼女の意識を引き留めるように、少しずつ近づいてくる。

こんな時間に山道を通るなんて、ずいぶんと命知らずな人だ。旅人か猟師が、寒さをしのぎに来たのだろうか。少女がそんなことを考えているうちに、鈴の音は拝殿の前までやってきて、ピタリと止まった。

キイイ……という音と共に、拝殿の扉が開いた。冷たい風と一緒に、キシ、キシ、と床材の音を立てながら誰かが入ってくる。足音の感じからして、その人物はかなり大柄なようだった。

「……なぜ、ここにいる」

びりびりと響くような低い声が、少女に向かって問いかけた。背筋がゾッとするほど美しい、威厳を感じる声だった。

「どちら様ですか？」

「名は言えない。俺はお前たち人間が『大神《おおがみ》』と呼ぶモノだ」

「ああ……そうでしたか」

起き上がる力もない少女は、大神だと名乗る男に対して、力なく答えた。

「……お前、このまま死ぬのか」

男の問いかけに対し、彼女は迷いなく答える。

「ええ。もとより今生《こんじょう》には未練がないものですから」

「どうして」

「……ただ、明るい目が欲しかったのです」

迷いもなく、恐れもなく……力なく答える。神に対する礼儀や畏怖はあれど、自分などもうどうにでもなれという、投げやりな気持ちだった。

本当に、本当に長かった――十六年というこの苦行に、ようやく終焉《しゅうえん》が訪れたことに、すずは一種の安らぎさえ感じていた。

＊

照日ノ国《てるひのくに》の北国島《ほっこくとう》が擁する霊峰・鉈切山《なたぎりやま》のふもとには、いくつかの農村が集まっている。すずが生まれたのは、その中でも一番鉈切山に近い、小さな村だった。

「あげんしょ　あげんしょ♪
黄色い花を　つみんしょ♪
そこかしこに　見えるは♪
ひらりひらりひらひら　ちょうのまい♪」

村はずれにあるあばら屋の中で、すずはただ一人、朗々《ろうろう》と唄《うた》っていた。

彼女の姿は、実に奇妙なものだった。着ているのは木綿の着物一枚と、藁《わら》を詰めた半纏《はんてん》のみ。頭には手ぬぐいが巻かれていて、額と両目がすっぽり隠れていた。

「やい、ぼっこれ薬缶《やっかん》！　また今日も下手っぴいに唄ったな！」

「おめえの唄なんか誰も聞かねえよ、とっととやめちまえ！」

すずがしばらく唄っていると、外から村の子供たちが罵声《ばせい》を浴びせてくる。あばら屋の壁がカンッ、コンッと音を立てているのは、彼らが嫌がらせで石を投げているからだろう。

一緒にいる母親たちからの注意はない。それどころか、子供たちと一緒になって、すずを貶《けな》し始めた。

「全く、四月になったってのに大雪は止まらないわ、田植えはできないわ、忌み子《いご》は唄うわ……縁起が悪いったらない」

「いつまででくの坊にタダ飯食わせりゃいいんだかね。私たちさえ明日の食べ物に困ってるっていうのに」

「まあ、そう言いなさんな。どうせあと少しの命だすけ、辛抱するんだ。忌み子もいのなれば、お天道様も顔を出して、畑作ができるようになるこってさ」

とはいえ、心ない言葉を浴びせられることには、すずもとうに慣れている。特に気にも留めず、彼女はひたすら唄い続けた。

誰かのためではない――ただ、寒さと空腹を紛らわせたいがための唄だ。一心に歌詞を思い浮かべて、腹から声を出していれば、多少は寒さもマシになるから。

そうでもしていなければ、すずは自分を保つこともままならないのだ。

ちょうど一年前の今頃――梅の花が香る日のことだった。すずはその日の午後、病床に伏していた祖母に呼びつけられた。すずの手にしがみつくようにして、祖母は何かを渡してきた。

「これは……ばあばの撥《ばち》？」

独特な形状と、つややかな鼈甲《べっこう》の感触で分かった。それは、旅芸人だった祖母が大事にしていた三味線の撥だ。

「ここより南の方角に、瞽女屋敷《ごぜやしき》が集まる村がある。おめさんのことを手紙に書いたら、次の冬を越したら受け入れられると返事があった。行くときはこれを紹介状代わりにして向かいなせ」

瞽女屋敷とは、弾き語りの芸で身を立てる盲目の旅芸人・瞽女たちが集団で生活している施設のことだ。

北国島で盲目となった女性は稲作や畑仕事に従事することが困難なため、大半が瞽女として身を立てる。そして瞽女になるには、まず、瞽女屋敷に身を寄せて修行を積むことが通例とされていた。

ああ、ついにこのときが来てしまった――と、すずは嘆いた。いずれはこうなると覚悟していたとはいえ、いざ祖母の息が細くなっていることに気づいてしまうと、涙を流さずにはいられなかった。

そんなすずを叱るように、祖母は言った。

「おめさんは目が思うようにならねっけ、人一倍苦労も多かろう。だども、これからは一人で身を立てていかんばならん。どんなにつらくても、文句を言わずに真面目につとめなさい。そうせば、きっと神様が救ってくださる。神様はいつだって、おめさんを見ているんだ」

声量は決して大きくない。なのに、言葉はずっしりと重い。押し潰されたように苦しい胸に、いくつもの言葉が湧き上がった。けれど、すべて余計なことだから、すずはあえて口をつぐんだ。

「分かり、ました。……今まで、ありがとう、ございました」

涙を呑んで、必要最低限の言葉だけを返して、すずは祖母の最期を看取った。

すずにとっての本当の地獄は、祖母の葬儀を終えた翌日から始まった。

味方がいなくなったすずは、それまで住んでいた実家の離れからも追い出され、元々畜舎《ちくしゃ》として使われていた村はずれのあばら屋に押し込まれた。持たされたのは必要最低限の衣類と古い針箱、そして祖母の三味線だけ。食事は村の家庭から出た残り物ばかりで、酷いときは虫の死骸を入れられたり、何も与えられない日もあった。

けれど、それも冬を越すまでの辛抱だ。この村から出さえすれば、少しはまともな生活が送れるはず。――そう信じて、すずは唄と三味線の腕を磨き続けていた。

　幸か不幸か、目が見えないことで常に苦労し続けてきたすずの精神は、常人とは比較にならないほど強靭に鍛えられていた。彼女は村人からの虐《いじ》めに屈することなく、静かに抗っていたのだ。

（とはいえ……さすがになんぎくなってきたな。今年に限って、こんなにも冬が長引くとは）

　健気な彼女を嘲笑《あざわら》うように、雪はいつまで経っても降り止まない。このまま五月を迎えてしまいそうな勢いの大雪に、さしものすずも気が遠くなりそうだった。

（いかん、いかん。弱気になるな、すず。お前はいつかここを出て、芸で身を立てるんだ。神様もきっと見てくださってる）

　すずは生前の祖母の言葉を、自分に強く言い聞かせた。

　この苦しみに耐えることもまた、自分に与えられたつとめなのだ。

　唄も三味線もできなくならないように、常に腕を磨いておかなければならない。村人に何を言われようと、自分がすべきことは続けなければ。

「おはようございます、おばさま方」

　ふと、あばら屋の外で、若い女の声が加わった。三味線を抱えて丸くなっていたすずは、その声を聞くなり、すっと背筋を伸ばした。

「何を話していたんですか？」

「お、おや、ヒノちゃん。なんでもねえがよ。四月にもなったったのに、こんげ雪ばっかで気が滅入るねえて話さ」

「本当にそうですよねえ。そろそろお天道様を拝みたい時期なのに……」

「ヒノちゃんは今日も妹のお世話かい？」

「ええ。呪われていても、やっぱり妹ですから。姉として、せめてこれくらいは……」

偉いねえと感心する母親たちに、すずの姉・ヒノは謙遜している。みずみずしくもしおらしいこの声は、すずにとっては聞くだけで身震いがする、とびきり嫌なものだった。

井戸端会議がしばらく続き、母親たちが去っていくと、ヒノは大きなため息をついた。

「ああ、疲れた……ほんと、口数の減らない人たちだこと」

そんな呟きのあと、あばら屋の戸を二回叩く音が響く。すずは三味線を傍らに置くと、入ってくる姉に向かって丁重に頭を下げた。

「あら、起きていたの」

「おはようございます、あねさ」

淡々と挨拶するすずを気にも留めず、ヒノはすずの背後を見て顔を顰《しか》めた。

「やだ、また屋根が抜けちゃってるじゃない。雪の重みに耐えられなかったのね」

ヒノの視線の先には、見るからに重そうな雪のかたまりと、板の破片があった。

夜間に屋根が落ちてきたことには、すずも気づいていた。けれど、ただでさえ落ちた体力を無駄に使いたくなかったので、放置していたのだ。

「よく潰されなかったわね。いっそひと思いに潰れたほうが楽だったんじゃない？なんてね。冗談よ、冗談」

嘲笑されても、すずは一切反論しない。無難にやり過ごしていれば、変に意地悪をされずに済むからだ。

ヒノは道ばたの石のように振る舞う妹を見てつまらなそうにしていたが、「ああ、そうそう」と思い出したように話題を切り出した。

「私、近々嫁入りすることになったの。村長の息子さんに見初《みそ》められてね。ようやくツキが巡ってきたといったところかしら」

〝盲目の妹のために働くヒノ〟は、村で一番の器量よしと言われていた。〝健気で一生懸命な彼女〟のことを、村の若い男衆はずいぶん持てはやしていたらしい。

そんな彼女の肌からは、常に甘いにおいがしていた。これはヒノがたちの悪いことを考えているときに強くなる。なぜ、すずにそれが分かるかというと……

「今まで声をかけてきたのは貧乏人や醜男《ぶおとこ》ばかりだったけど、じっと待っていてよかったわ」

……こんな具合に、自分の考えを包み隠さず話すからだ。姉はたびたび「隣村の色男に声をかけられた」だの「貴方なんか一生お目にかかれないような人よ」だのと、あてつけのように自慢してきていた。そんな話を聞くたびに、すずは

（なしてみんな、こんげのにころっと騙されちまうんだろう）

と、村の男衆の見る目のなさに呆れたものだ。この姉が村一番どころか天下一の性悪女だと知ったら、彼らはどんなにがっかりするだろうか。

「まあ、貴方にはどれも縁遠い話よね。貴方みたいな〝痣《あざ》つき〟なんか誰ももらってくれないでしょうし」

ヒノは手ぬぐいで隠れたすずの額を睨みつつ、お決まりのようにすずを馬鹿にする形で話を締めくくった。しかし、当のすずが感じていたことといえば……

（はあ、あねさは村長の家に嫁入りするのか……。しかし、こんげあねさじゃ、嫁入り先のお姑《しゅうと》さんのほうが苦労しねえろっかねえ）

……である。

嫁入りする夢をとうに捨てているすずにとって、勝ち誇ったような姉の話は、どこぞに住んでいる誰々さんの噂話くらいどうでもいいことだ。姉を心から祝う気もなければ、姉の邪魔をしてやろうという気もないので、どうぞお好きにしてくださいと思うだけである。

期待よりも反応が薄い妹に、ヒノは「つまらないわね」と言った。

「すみません。余計なお喋りはせんでよいと言われていましたので、黙っていました」

と、すずは一応の注釈をつけた。

台本を読むようなけろりとしたすずの返答に、ますます面白くないと口を尖らせるヒノ。

「可愛げのない妹だこと。毎日世話になっている姉に、愛想よく振る舞えないのかしら」

ああ、いつもの癇癪《かんしゃく》が始まる――甘いにおいがより一層強くなったのを感じるのと同時に、ヒノの手がすずの小豆色の髪を乱暴に掴みあげた。

「あんたなんか絞め殺して、そのへんの犬の餌にしてもよかったのよ。それをしないで面倒見てきた私に、あんたは感謝するべきじゃないの？　これじゃ、あんたのせいで死んだ私の両親も浮かばれないわよ」

ヒノにしてみれば、泣きも怒りもしないすずの反応は、鼻を折られたような気分だったのだろう。空気から伝わってくる彼女の熱の感じ――たいそうご立腹のようだ。

（別に、おらなんて最初から捨ててくれてよかったのに）

というか、むしろ捨てられたほうが楽だった。

嫌いな相手とは関わらないに限る。私と貴方は他人同士、血縁関係など忘れてハイさようなら。

……と縁を切ったほうが、お互い不快な思いをせずに済むはずだったのだ。

ああ、さっさと殴って終わってくれないかな、と考えていたすずだったが——今日のヒノはなぜか、すずを殴らなかった。

「あらそう。だんまりなの。なら、お仕置きね」

笑みを噛み殺した声に、すずは嫌な予感がした。甘いにおいにこの声が加わったときは、特に酷いことが起きるからだ。

ヒノはすずの髪の毛をぱっと放すと、傍らに置いていた三味線を取り上げた。

「⁉　何するが！」

三味線がさらわれたことに気づいたすずは、ヒノの着物にしがみついて取り返そうとする。しかし痩せ細って体重が軽くなっていたすずは、ヒノが手で軽く押しただけで跳ね返されてしまった。

すずが尻もちをついて呻《うめ》いている隙に、ヒノは奪った三味線をすずの手が届かないところへ放り投げた。

「やめろ、ばあばの三味線だぞ‼　それだけは——」

それだけは壊さないで、とすずが懇願する、ほんの僅か前に——『バキッ』と乾いた音が、あたりの空気を震わせた。

「あ……？　あ、ああっ……！」

すずはわなわなと震えながら、音のした場所に向かって手を伸ばした。小指の先に当たったモノの形を確かめるように、つつつ、と指先でたどっていく。

使い込まれた木の、吸いつくような手触り——細い棹《さお》の部分が、途中でささくれた木の感触に変わっている。

「うわあああああああああっ⁉」

祖母の形見の三味線が踏み壊されたことに気づいた瞬間、すずは泣き叫んだ。腹の奥から湧いた絶望が、土砂崩れのようにどばあっと流れてくる。

「みっともないわね、がらくたが壊れたくらいで」

「がらくただと……⁉　ふざけるな！　瞽女屋敷まで持っていくつもりだったのに、どうしてくれる‼」

他の遺品は、祖母が亡くなった日の翌日に、ことごとく処分されてしまった。この三味線だけが、亡き祖母と自分を繋ぐ唯一のモノだったのだ。殴る蹴るなら甘んじて受け入れていたが、大事な形見まで壊してしまうなんて、鬼畜としか言いようがない。

けれど、めったに表情を崩さない妹が激昂しているのを前に、ヒノはむしろ面白いものが見られたとばかりに鼻で笑った。

「瞽女屋敷？　何言ってるのよ。あんたは明日、生贄として捧げられるのよ。こんなもの、持っていたって意味がないでしょう？」

「は……？」

生贄、という覚えのない言葉に、すずは唖然とした。生贄とは、神へ捧げる人身御《ひとみご》供《くう》のことだ。そんなものに自分がなるなんて、すずは一度も聞かされていない。

「そんな……おらは瞽女屋敷に行くと前から伝えたったろう⁉」

「馬鹿ねえ、あんたの意思なんて誰も聞いちゃいないわよ。これは神主《かんぬし》さんが受けたご神託なの。大神様はあんたを早く生贄として寄越せと言っているのよ。だから、大雪がずっと続いてるわけ。もう一ヶ月も前から決まってたことなんだから、拒否なんて認められないわ」

「大神様が……？」

ヒノの言う『大神様』とは、北国島を守護する狼の姿をした神様だ。五穀豊穣《ごこくほうじょう》や狩猟、厄除《やくよ》けなどのご利益を授かれるという、北国島の人々にとっては特に馴染み深い存在である。

「うっかり伝え忘れていたのは謝るわ。でも、これは名誉なことよ。だって、忌み子のあんたが大神様に捧げる供物になれるんだから」

うっかりなわけない、ヒノはわざと黙っていたのだ。早くから伝えれば、すずが逃げようとすることを見越していたから、あえて直前まで黙っていたのである。

「これ以上、唄の修行をする必要はない。だから、三味線も私が処分してあげたのよ。よかったわね、自分で捨てる手間が省けて」

心が、静かに食い荒らされていくのを感じた。ぽっかりと空いた大きな穴から、大切なものが次々抜け落ちていく。心が枯れて、空洞になっていく。

今まさに朽ちている最中の木のような、生きながら死体になっていくような失望感が、すずを満たしていった。

「物の怪《もののけ》に呪われたあんたが生きていたって無駄。誰もあんたのことなんかいらないのよ」

ヒノが踵《きびす》を返し、その足音が聞こえなくなっても、すずは冷たい床に座り込んでいた。立ち上がる気力など、湧くはずもなかった。

何かをする気力も起きないまま、時間だけが過ぎ、気がつけば日付が変わっていた。

すずは目隠しの上から、額をそっと撫でた。人肌とは思えない砂利道のような感触が、指に伝わってくる。

（……確かに、こんな痣つきが生きていたって、誰も得なんかするわけねえか）

人目に触れるのもはばかられるその痣は、まだすずが赤子だった頃――山の中にある神社へお参りに行ったその道中で、物の怪につけられたものだった。

当時、彼女と一緒にいた両親は、物の怪によって殺されてしまった。痣をつけられて生き残ったすずはそれ以来、物の怪を呼び寄せる〝忌み子〟として、村人から疎《うと》まれるようになった。姉のヒノに至っては「私の親を返せ」とすずを罵倒し、連日暴力を振るう始末だった。

その中で、祖母だけは唯一、すずの味方でいてくれた。盲目のすずが一人でも生きていけるように、唄の芸や裁縫などを徹底的に叩き込んでくれた。

(ごめん、ばあば。やっぱりおらは、ばあばの願ったとおりには生きられんらしい。でも、許してくれ。おらは、おらなりにつとめ通したんだ)

床に散らばったままの三味線の破片を手に、すずは祖母に詫びた。すずという少女の生を望んでいた、ただ一人の人に、手を合わせて謝る。

彼女はこれまで、祖母の願いのためだけに生きていたと言っても過言ではない。ただ一人、自分を愛してくれた祖母が願ったとおりに生きていけるよう、様々な理不尽や厳しい唄修行に耐えてきた。

けれど——それも大神の生贄に選ばれたことで、無意味になってしまった。すずはたった一つの道しるべすら、取り上げられてしまったのだ。

(……こんな痣つきの忌み子で、大神様は本当に満足するんろっかねえ)

生贄になるまでの僅かな時間を潰すように、くだらないことを考える。大神様にケチをつけられて返品されなければいいのだけど、などと考えていると、あばら屋の外から、

「おい、痣つき。そろそろ儀式の時間だ」

と、村人が呼びかけた。

すずは老婆のようにゆっくりと立ち上がり、外へ出た。

「げえ、きったねえ」

「まだ生きていたのか、あの忌み子」

「いつまでもしがみつくように生きて、みっともないったら」

「本当だよ、ヒノちゃんに迷惑ばかりかけて。早《はよ》う自決してりゃよかったものを」

外の空気を吸うなり、村人の容赦ない罵声が聞こえてくる。

姉を慕うこの村に、すずの居場所などありはしない。すずは今、村人たちに体《てい》よく捨てられようとしている。お前の存在など要らないと言われてしまったのだ。

いや、そもそもすず自身が、この『すず』という存在を必要としていなかったのかもしれない。誰にも、自分自身にさえも望まれなかった人間――それがこの『すず』という少女だ。

「悪く思うなよ、大神様がお前を選んだんだからな」

手首に縄がかけられていく。こんなことをしなくたって、逃げるつもりなんてないのに。逃げる力なんて、とうになくしたのに。すずはぼんやり思う。

「忌み子でも、生贄くらいにはなれるだろう？　しっかりつとめを果たすんだぞ」

腕を引かれ、輿《こし》に乗せられ、すずは雪山へと運ばれていく。すぐそばにいる神主の祈祷《きとう》が、ざあざあ降りの雨音のように聞こえた。

(なんの意味もなかった……おらは生贄になることでしか、人様の役には立てなかったのか)

もう恨み言の一つも湧かない。村人を呪う気すら起きない。すずの心はもう空っぽだった。おもちゃの人形のように、唯々諾々《いいだくだく》と動かされているだけだった。

「ごめんね。許してちょうだいね。皆のために犠牲になってくれてありがとうね。すず」

輿の外から、ヒノの涙声が聞こえてくる。ああ、この人の性悪さも極まったものだ——と思いつつ、すずはそっと聞き流した。

＊

「洞穴をさまよい続けるような人生でした——この目さえ明るければと、何度も我が身を呪いました」

せめて一度でもいいから、誰かに心から感謝される生き方をしてみたかった。唄うしか能のない盲目など、奴隷にもなれやしない——こうして我が身を捧げることでしか、役に立てないのだ。

そう嘆きながら、すずは最後のつとめを果たすべく、大神に願う。

「お願いです、大神様。どうか、この身と引き換えに雪を止めてください。村の者が、米を作れなくて困っているのです」

「……そんなことを願うために、お前はここへ来たのか」

大神の声は少し震えていた。押し殺そうとした怒りが、殺しきれずににじみ出てしまったような、そんな声だ。

すずは少し考えてから、もう一つだけ願いを告げた。

「……もし、お慈悲をくださるのであれば、どうか来世こそは明るい目をください。それさえ叶うのなら、虫に生まれてもかまいません」

明るい目さえあれば、明るい世界で過ごせるから。洞穴をさまようような一生など、送らずに済むから。

大神は転がったすずをしばらく見下ろしていたが、やがて、すずの傍にそっとしゃがみこんだ。

「お前、名前は？」

「私は、すずといいます」

「そうか」

衣擦れの音がしたかと思うと、大神の大きな手がすずの頭に触れた。

「よく頑張ったな、すず」

大神の手の温もりを感じたそのとき、すずは心が羽毛のように軽くなるのを感じた。

ぱっと手放した意識が、闇に溶けた。

# 一章　鉈切山の大神屋敷

## （一）

農耕と狩猟が息づく、厳寒の『北国島』。

華やかな西洋文化が広がる新都『東国島《とうごくとう》』。

古来の風雅な文化が根付く古都『西国島《さいごくとう》』。

国内でも飛び抜けて外交が盛んな港を擁する『南国島《なんごくとう》』。

照日ノ国は、東西南北に浮かぶ四つの島で成り立っている。島はそれぞれ『大神』、『烏神《からすがみ》』『狐神《きつねがみ》』、『蛇神《へびがみ》』という四島守護神《よんとうしゅごしん》と呼ばれる神たちによって守られ、その庇護の下、人間とあやかしが領域を分けて生活していた。

　さて、北国島の霊峰・鉈切山は、照日ノ国でも有数の豪雪地帯だ。

　雲より高い鉈切山の中腹より上には『大神屋敷《おおがみやしき》』と呼ばれる茅葺《かやぶ》き屋根の屋敷があった。決して豪華絢爛《ごうかけんらん》とは言えない質素な見た目だが、吹雪程度ではビクともしない頑丈な造りで、あやかしたちにとっては厳しい冬を乗り越えるための仮の宿だった。

「ずいぶん奇特《きとく》な方を拾ってきましたね。お館様《やかたさま》」

　そして現在――大神屋敷の最上階では、屋敷の主である大男と、彼の部下である薬師の男が向かい合って話していた。

「奇特？　大袈裟だな、物の怪の呪いを受けた人間なんてそう珍しくないだろう」

「人間をここに連れてくること自体が奇特だと申しているのです。ここはあやかしと神が住まう隠世《かくりよ》なのですよ」

「そんなこと言って、目の前で今にも死にそうになっている女の子を見捨てられるかよ」

　大男は、先ほど拾ってきた人間の少女の状態を思い出しながら、渋い顔をする。

　誰が見たって分かる――彼女の状態は、酷いなんてものじゃなかった。体はあばらが浮き出るほど痩せこけていて、その上をいくつもの傷痕や痣が縦横無尽に走っていた。間違いなく、昨日今日につけられたものではない。長い期間をかけて、何度も何度も刻み込まれたものだ。

まだ年端《としは》もいかない少女になんという無体《むたい》を働くのだ、と大男は彼女を傷つけた犯人に憤っていた。

「そんな四角四面なことを言ってると、せっかく綺麗に丸めた頭がサイコロみたくなっちまうぞ、薊《あざみ》」

「頭をつるつる撫でないでください」

剃髪《ていはつ》の男――薊は、口を尖らせる。彼は右半分こそ端整な顔立ちではあるものの、左半分は顔面の皮や肉が完全にハゲていて、白い頭蓋骨がむき出しになっていた。文字どおりのハゲ頭ということである。本来目玉が入っているはずの眼窩《がんか》からは、植物の蔓《つる》がにょろりと伸びていて、まるで風雨にさらされたしゃれこうべに生きた人間の体が生えているようだった。

「しかし、久々に山を降りると疲れるな」

「ならば、そのむき出しの胸をしまってはどうですか？　寒さでも疲れは出ますよ」

「嫌だ、胸がキツくなる」

そして、屋敷の主たる大男――大神は、眉目秀麗《びもくしゅうれい》ながら素朴《そぼく》な出で立ちだった。元が荘厳な印象の美丈夫《びじょうふ》である分、質素な着物をざっくり身にまとうことで釣り合いをとっているかのようだ。後ろへさっと垂らした夜空色の長髪と、稲穂の海を思わせる黄金色の目が特徴的だが、右目は眼帯で隠れている。

「つるっぱげの寒そうな頭した奴に言われても、説得力皆無だぞ」

「誰がつるっぱげですか。頭を撫でない！」

円を描くように撫でる大神の手を、薊がぺっと払う。

「こんな漫才みたいなことばかりしているから、残念な美男などと言われるのです。見た目も声もよいものをお持ちなのですから、もっと威厳ある振る舞いを……」

「冗談。こんなデカブツが威厳なんか見せてたら、誰も寄りつかなくなっちまう」

そう言って、大神はぐっと伸びをした。

彼の全身を、柔らかな紺色の毛が覆い尽くしていく。頭頂部にはピンと尖った三角の耳が生え、着物の隙間からは下ろしたての筆のような尻尾《しっぽ》が姿を現す。一秒と経たないうちに、大神は二足歩行の狼《おおかみ》となっていた。

「ほら。こんなにいい毛並みなのに、怖がられて誰にも触ってもらえないなんて、悲しすぎるじゃないか」

「貴方、どんなに撫でられるのがお好きなんですか」

奔放《ほんぽう》な主に、はあ、と嘆息をもらす薊。

そんなことより、と大神が話題を切り替えた。

「あの子の状態はどうだった？」

「低体温症については、鬼火《おにび》たちがいるので大丈夫でしょう。ですが、栄養状態がかなり深刻です。日常的に暴力を受けていた痕跡も見られました。意識はすぐに回復するはずですから、そのあとは少しずつ栄養を摂って治療していきましょう。そうすれば、日常生活も送れるようになるかと」

「そうか。……目については？」

その質問に対して、薊はかぶりを振りながら答える。

「酷いものでした。呪いが奥深くまで食い込んでいるのか、眼球そのものが白く濁っていて、何も様子が分からないのです。現状、視覚器として全く機能していないことだけは確かなのですが」

「呪いをどうにかしない限りは、対処法を分析することもできない、か」

大神は神妙な面持ちでため息を一つついて、かの少女が口にした言葉を反芻《はんすう》した。

「虫になってもいいから、明るい目が欲しい……か」

呪いを受け、目を奪われ、どんなにつらい思いをしてきたのだろう。大神は少女が不憫《ふびん》でならなかった。

なんとかして、彼女に明るい目を取り戻してあげられないものか、と大神は唸った。

「お館様。あの娘、本当に屋敷で保護するのですか？」

「当たり前だろう。なぁに、うちはワケありや流れ者もゴロゴロいるんだ。そこに一人くらい人間が混ざったところで、何も変わりゃしないさ」

「しかし、人間は害をなす『物の怪《あやつら》』と、温厚な『あやかし《われわれ》』を混同しがちです。彼女があやかしたちを、物の怪の仲間だと思って怖がったりしないでしょうか」

物の怪とあやかしの大きな違いは、邪気の有無にある。あやかしや神はある程度の邪気を感知できるが、人間は大半の者が邪気を感知できない。だから同じ異形であるあやかしを、物の怪と勘違いして怖がることも多いのだ。

心配する蒯に対する大神の返答は、意外と楽観的だった。

「人間があやかしを怖がるのは、見た目が人間と違うからだ。見た目にとらわれないあの子なら、意外とあっさり打ち解けられるかもしれないぞ？」

「そう都合よくいけばいいのですが……」

「なんならいっそ、屋敷の奴らと顔を合わせながら、飯でも食ってもらうってのはどうだ？」

「いきなり食事を共にしてもらうのですか？」

「ああ。もちろん無理強いするつもりはない。あの子が嫌がったら、そのときに別の手を考えればいいさ」

少女が目覚める前からあれこれ気を揉んでいても、無駄に神経をすり減らすだけだ。なら、どうすれば仲良くできるかを想像したほうが、ずっと楽しいに決まっている。

依然として浮かない顔をする蒯に、大神はにっと笑いかけた。

＊

「おかおのいろ、もどった？」「ううん、まっしろ」「もしかして、もともとまっしろ？」「ありえる」

大神屋敷の別の部屋では、幼い子供の声が囁《ささや》き合っていた。

しかし、ここには一人たりとも子供はいない。いるのは、鮮やかな緋色の炎をまとった生き物たちだ。ちょうど大福餅のような形状の体からは、小さな手足がちょこんと生えていて、まるで丸々と太った蛙《かえる》のようだ。

「ゆきんこかな」「おもちみたい」「かわいいねえ」「ねんねんころりん」

彼ら――鬼火たちが覗き込んでいるのは、本来ここに存在しえない、『すず』という人間の少女だった。

彼女は今、鹿や熊などの毛皮に包《くる》まって、穏やかに寝息を立てている。

「こら、お前ら。病人が寝てるんだから、静かにしな」

そこへ、大神が鴨居《かもい》をくぐって部屋に入ってきた。彼は鬼火たちに向かって人差し指を立てながら注意すると、すずの傍らに腰を下ろした。

「おやかたさまだあ」「ねえねえ、おやかたさま」「このこ、へいき？」「しなない？

だいじょうぶ？」

すずの首筋や腕の中、脇の下や膝の上に潜っていた鬼火たちが、キノコでも生えてくるようにひょこひょこと顔を出す。

「ああ。薊はもう大丈夫だって言ってた。お前らが頑張ったおかげだな」

お疲れさん、と大神が言うと、鬼火たちは安堵の表情を浮かべ、互いに微笑み合った。

「おんなのこ、たすかった」「よかったねえ、よかったねえ」「いいこ、いいこ」

彼らが必死に温めていた彼女は、つい先刻まで凍え死ぬ一歩手前だった。総出で温めた甲斐があったと、回復を喜ぶ鬼火たち。

大神はすずの前髪を払い、その下の額をまじまじと見た。

「ひえ、いたそう」「おっきいあざ」「やなかんじ」「おやかたさま、これなあに？」

鬼火たちは心の痛そうな表情を浮かべながら、すずの額を撫でたり、大神を見上げたりしていた。

「呪いの痕跡だ。しかも、俺が大嫌いなあの野郎のにおいがする」

こんなか弱そうな少女が背負うには、あまりに重すぎる呪いだ。

痣の見た目も赤黒くて不気味だし、人間社会の中で酷く虐められてきたであろうことは、想像に難くない。

大神はすずを慰めるようにそっと額を撫でた。すると、寝ていたはずのすずが「むうう……」と呻きながら身じろいだ。

「んふ、ふあふあ……いいにおい……んふふ……」

起こしてしまったかと思い、大神は慌てて手を引っ込めようとした。しかし、すずの手がそれよりも先に、大神の手に絡みついた。柔らかな獣毛の感触が心地いいらしく、すりすり頬を寄せてきている。

「お、おい、すず？　あんまりされるとくすぐったいんだが……」

大神が寝ぼけているすずの肩を叩くと、彼女はぴたっと頬擦りをやめ、目を閉じたままぐりぐりと首を捻っていた。どうやら意識が覚醒したものの、状況を把握しかねているようだ。まぶたが閉じたままなのは、自力で開くことができないからだろうか。

「ここは……？」

「大丈夫か？　お前は――」

「⁉」

大神が冷静に話しかけると、次の瞬間、すずは目の前にいる彼の顔面に頭突きを食らわせる勢いで起き上がり、

「もこもこの動物が喋ったああ⁉」

と叫んだ。

彼女の肩や脇などにいた鬼火たちは、いきなり起き上がられた弾みで「きゃー」と

転がり落ちた。団子のように弾力性がある彼らの体が、あちこちの床をぽいんぽいんと跳ね回る。

「お、落ち着け！　今、状況を――わふっ？」

「わあ、たまげたなあ！　浄土では動物も喋るんだあ～！」

初めてこちらの世界に来て混乱しているであろうすずに対し、大神は色々と事情を説明しなければと慌てたが――想定外なことに、すずは喋る獣を恐れるどころか、その頬を両手で包んでもにゅもにゅと揉み始めた。

「お、おい、お前……」

「おら、こんげおっきな動物を抱っこしてみたかったんだあ！　うーん、いいにおいだなあ……今まで頑張ってきてよかったあ！　神様がおらに冥土《めいど》のお土産くださったんだあ～！」

「冥土の土産、っておい！　話を聞いて――」

「それにしても、おっきい子だなあ。熊か？　よしよし、いいこいいこ～」

いや、熊だったら呑気《のんき》に撫で回している場合ではないだろう。

大神はそう言いたかったが、撫でているすずの手をうっかり噛んでしまったら申し訳ないので、「グウ……」と黙らざるを得なかった。

「へへへ、おりこうさんだなあ。どこを撫でたらいいんろっかねえ。ここかなあ？」

大神が大人しくしているのをいいことに、すずは首や顎、額や耳などをふわふわ触り、くんくんにおいを嗅いでくる。あまりにも無遠慮なすずに戸惑っていた大神だったが、しばらく経つと、これがどういうわけか心地よくなってきた。

「ふ、ふへ、すずぅ、そこは、ふへへっ、んふへへへぇ」

すずの手つきはほどよくなめらかで、高級な絨毯《じゅうたん》の上でごろごろ転がっているときのような、贅沢な気分になってくる。しまいに大神は仰向けに転がり、飼い犬のようなだらしない姿になってしまった。

「あはは、おめさんはわんこだったがか！　こんげいっぺこと撫でさせてくれる子だっけ、きっと飼い主に大事にされてたんろうなあ」

すずは大神が陥落したのに調子をよくして、ますます彼を撫で回してきた。衿《えり》の間からあふれんばかりに飛び出ている毛をもこもこと揉むように撫でられると、これがまたたまらなく気持ちがいい。大神はつい、きゃふんきゃふんと嬉しそうな声を上げてしまった。

「おやかたさま、たのしそう？」「ごまんえつ」「わおーん」「こっちもなでてー」「あつくないよ〜」

楽しそうに盛り上がっている二人を見て、転がっていた鬼火たちも興味津々とばかりに周辺に集まってくる。中にはすずの背中に飛び乗り、自分も撫でろと催促する個体もいた。

部屋の空気が一気に賑やかになってきたところで、

「いや、違う違う違うっ！」

と、すずを引き剥がして正気に戻る大神。

「すず、状況を説明させてくれ。俺は犬じゃない！」

「えっ？」

すずは大神の声を聞くなり、ぽかんと口を開けて、固まった。

「あれ？　その声、もしかして……大神、様？」

「そう。俺は大神だ」

固まっていたすずの表情筋がさらに、ぴきっと引きつった。真っ白な肌がサーッと青ざめるまでは、一秒とかからなかった。

「う、うわあああああああ⁉　お、おお、おおお大神様あ⁉」

「おお、いい叫び声だな。思ったより元気そうだ」

大神は目の前ですずがあたふたしている様子に少し安堵した。しかし、すずはそれどころではないようで、

「ななな、なしてえ⁉　お、大神様、ええええ⁉」

と、見事に動転している。

「すみませんすみませんすみません‼　おらは大神様に対してなんて失礼なことをっ！」

「あははは、気にするな。むしろ気持ちよかったぞ」

様をつけて呼ぶような相手を犬扱いしてしまい、すずはひいひい萎縮した。しかし、神様の自分をここまで景気よく撫でてくれる人間はなかなかいないので、大神としてはむしろ嬉しい。状況が許すならいつまでも撫でられていたいと思ったくらいだ。

すずはしばらく謝り続けていたが、落ち着きを取り戻したところで、

「お、おら……じゃなくて、私は死んだんじゃ……？」

と、おそるおそる尋ねてきた。

自分の頬をつねったり、床や毛皮などの感触を念入りに確かめたりしているのを見るに、混乱はまだおさまっていないようだ。

「現世《うつしよ》では死んだも同然だろうな。実際はこの隠世でこっそり生き延びてるんだが」

「かくりよ？」

さて、どこから説明したものか。

大神は顎に手をやりつつ、思案した。

「ここは『隠世』と呼ばれる世界でな。すずたち人間が住む『現世』とは別の世界だ。普通、人間の世界からは隠れていて見えない、神様やあやかしが住む異界のことだな。

人間は隠世には入ってこられないんだが、すずは俺が特別に招いて連れてきた。神隠しと言ってもいいかもしれない」

「はあ～……私、神様の世界に招待されたんですか」

小柄で痩せっぽちな見た目に反し、すずの反応は実に鷹揚《おうよう》だった。

近年は隠世の存在自体を信じない人間も増えてきた。なのでこんな話をすると、ありえないと動転されたり、困惑されることもままあるのだ。

すずのようにどっしり構えて話を聞ける人間は、かなり稀《まれ》な類《たぐ》いだ。ずいぶん肝の据わった少女だ、と大神は思わず感心してしまった。

「にしても、驚いたぞ。たまたま通りかかった神社の拝殿を覗いたら、人間の女の子が縛られて転がされているときたもんだ」

大神は光景を目にしたとき、この時代にまだ人身御供なんてことをする人間がいたのか――と、驚き呆れた。他の島では、文明開化だの新時代だのと声高に謳《うた》われて久しいのに、自分が管轄するこの北国島はなんとまあ古くさいこと。こんな誰も得をしない因習がまだ残っているのかと思うと、大神は少々悲しくなってくる。

「？　生贄を欲したのは、貴方のほうでしょう？」

「ん？」

きょとんとしたすずの台詞に、大神もわけが分からず、一緒に首を傾げた。

そんな物騒なものを欲した記憶はない。大神は獣の神ではあるが、人間が犠牲になる人身供物などは一切受け取らない主義だ。

どういうことだ、と大神が口を開く前に、すずはまくし立てるように話しだした。

「願いを叶えてもらえるなら、今ここで食べてもらっても結構です。さあ、どうぞ。煮るなり焼くなり、遠慮はいりません」

すずはその場に立ち上がり、それはそれは潔く、着物をガバッと脱いだ。包帯まみれの上半身があらわになったのを見て、大神は、

「待て待て、脱ぐな！　食べたりしないから、俺の話を一旦最後まで聞け！」

と慌てて目をそらしながら止めた。

すずはとりあえず着物を元に戻し、またその場にちょこんと正座した。

「なあ、すず。その額の痣はどうした？」

「私がまだ赤ん坊だったときに、物の怪に呪われたのでは、と言われています。私自身は全く記憶にありませんが」

「それは誰が言った？」

「村の神主さんです。そのときに、一緒にいた両親も亡くなってしまいました。きっと、同じ物の怪に襲われたんだろう、と」

「そうか……」

物の怪とは、現世の人間や温厚なあやかしたちを食らおうと襲いかかる、有害な化け物である。その多くは、人や獣から生まれた怨念や邪念などのなれの果てであり、大神にとっても討つべき敵だった。

「両親に関してはなんとも言えないが、額の痣は間違いなく物の怪の呪いだ。盲目になったのもその呪いの影響だろう。どうやら、すずは物の怪に狙われやすい体質みたいだな」

「そう、なんですか……」

すずは不安や嫌悪からか、苦虫を噛み潰したような顔をして自分の腕をしきりにさすっている。

「その呪いをかけた相手は、誰なんでしょうか？」

「猿神《さるがみ》の野郎だ」

「猿神？」

「ああ。そのにおいは間違いねえ。奴は物の怪の中でも最上級にたちが悪い。話から察するに、俺の名を騙《かた》って、あらかじめ目をつけていたお前を手に入れようとしたんだろう。奴の常套《じょうとう》手段だ」

猿神は人を騙してもてあそび、ときには人里を滅ぼすほどの嵐をもたらす、非常に危険な物の怪だ。神出鬼没で悪知恵も働くため、大神も手を焼いている。

目が見えなくなるようなきつい呪いをかけたのは、それほどすずに執着しているということに他ならない。

「だが、偶然出会ったとはいえ、これも何かの縁だろう。猿神は俺とお前にとって因縁の相手、討つべき宿敵というわけだ」

表情を曇らせていたすずに向かって、大神は口角を吊り上げ、牙を見せながら笑った。

「よし、任せな。その呪い、俺が解除してやる」

「本当ですか⁉」

大神が膝を叩いて断言すると、すずの表情は雲一つない青空のように、ぱあぁっと明るく輝いた。

「呪いを解除する方法は二つ。呪いをかけた物の怪に解除させるか、そいつを討つかだ。物の怪は獲物に目印をつけるために呪いをかける習性がある。向こうが呪いを解かない限りは、必ずすずを襲いに来るはずだ」

「じゃあ、待っていれば、いずれは私の前に姿を現すということですね」

「そう。とはいえ、猿神は身を隠すのが上手い。奴の居場所が分からない今は受け身しかとれないし、向こうが逃げたり隠れたりすれば、かなり長丁場になる可能性もある。それでも頑張れそうか？」

「はい、もちろんです」

すずは覚悟を決めたような、きゅっと締まった真剣な表情で、もう一度深く頭を下げた。

「ありがとうございます、大神様。なんとお礼を申し上げたらいいか……」

「よせよ、困ってる人間を助けるのは神様として当然だろう」

自分はただ、神としての責務を全うしているだけだ。大神はそう言って、顔を伏せているすずの肩をぽんぽん叩く。

「そういうわけで、俺から一つ提案だ。お前さん、この屋敷に住み込んで、俺の世話人として働かないか？」

「ほへっ？」

「猿神から身を守るためとはいえ、屋敷の中でじっと身を潜めているだけってのは苦痛だろう。もちろん、働いた分の報酬は出させてもらう。飯も三食ついて、風呂と寝床もありだ。他にも必要な配慮があれば、相談に乗ろう」

すずはまたぽかんと口を開けた。

生贄として死ぬばかりだと思っていたところに予想外の提案をされ、戸惑っているのだろう。

「でも、私は盲目ですし、なんの取り柄もありません。大神様のお役に立てるとは、とても思えないのですが……」

確かに、盲目のすずにできることは限られているだろう。自分自身のことはある程度できたとしても、他者の世話となれば話は別だ。不安も大きいに違いない。

しかし、それでも問題はない――これまでのやり取りで、大神はある仕事をすずに任せたいと考えていたのだ。

「心配するな。すずにお願いしたいのは俺の毛づくろいだ」

「大神様の、毛づくろい？」

「おう。あんなに撫でるのが上手い奴は初めてだったなあ」

先ほどすずに撫でられた感覚を思い出すと、尻尾がぱたぱた揺れてしまう。あれを毎日してもらえるなら、どんなにきつい仕事でも頑張れそうだと、大神はうっとりしていた。

「そんなにお好きなんですか？　毛づくろい」

「もちろん。毛づくろいが嫌いな獣なんていない！　むしろ、獣は毛づくろいでその日の調子が決まると言っても過言じゃない。お前の村の雪を止めて、猿神の調査も進めなきゃならねえ俺としては、疲れを労って調子を整えてくれる世話人が欲しいわけだ。自分で言うのもなんだが、俺は毛づくろいにものすごくこだわるし、俺を満足させられる奴はめったにいない。こんな逸材《いつざい》、今すぐ手に入れなきゃいつ手に入れるんだ！」

「は、はあ」

ついつい熱を入れて語ってしまった大神は、少し引き気味のすずに気づくと、「おっとすまん」と軽く咳払いをした。

「で、どうだ？　引き受けてくれたら非常に助かるんだが……」

「はい、もちろんです。それで大神様のお役に立てるのでしたら、精一杯やらせて頂きます」

すずの答えを聞き、大神の中に、ぎゅんぎゅんと体中を駆け回るような嬉しさがこみ上げてくる。

「～ぃよっしゃあっ！　ついに念願の毛づくろい役を確保したぞ！　これで俺の生活の質がぐっと上がる……くふふふ、楽しみだなあ！　くふふふ～！」

「は、はあ……」

勢いよく拳を突き上げ、舞い踊るように喜ぶ大神の様子に、すずは困ったような愛想笑いを浮かべていた。しかし、大神は戸惑っているすずの視線など欠片も気にしない。彼にとって、専属の毛づくろい役ができたことは、それくらい嬉しい出来事だったのだ。

（二）

雪明かりに包まれた鉈切山に、ごぉんと鐘の音が響き渡った。夕刻を知らせる時の鐘だ。

すずは大神に連れられながら、彼の袖にしっかりと掴まりつつ、屋敷の廊下を歩いていた。

「お館様、お疲れ様です！」

「おう、手長《てなが》と足長《あしなが》か。お疲れさん」

「今日は鮭雑炊だそうですよ」

「おお、いいねえ。腹が減ってきた」

「おやかたさま〜！　一緒にごはん食べようよ〜」

「おい、お前ばっかずるいぞ！　今日はおれの番だろ！」

「こら、喧嘩するな。それに今日は人間の新入りがいるから、そっちで食べる予定だ」

「え〜」

「ちぇ、今日は我慢かあ」

廊下を歩いていると、実に多くの老若男女が大神に向かって声をかけてくる。足の長い老人に手の長い老人、河童《かっぱ》の子供に一つ目の子供——誰も彼もが人間らしい姿ではない。

ちょうどご飯時だからなのか、あやかしたちは次々に部屋から出てきて、大神の周囲にぞろぞろ集まってくる。小柄で体重も軽いすずは、大神から引き離されないよう歩くのに必死だった。

（あやかしさんがいっぺこといる……みんな、おらのことが気にならないのかな……）

こんな奇妙な痣を持ったよそ者が突然やってきたのだ。あやかしたちに嫌がられないだろうか、とすずは心配していたが、どうやら杞憂《きゆう》だったようだ。

「大丈夫か、すず。あやかしたちと一緒にいても平気か？」

「は、はい。大丈夫です」

「そうか。あやかしを怖がる人間は多いが、お前は度胸があるんだな」

盲目の彼女にとっては、見た目がおどろおどろしいだけのあやかしたちなど、怖くもなんともない。声だけ聞いていれば、人間同士がしている会話と変わらないので、むしろ和やかな雰囲気に親しみを感じるくらいだ。

「うちはあやかしたちの集会所みたいな役目もあってな、冬ごもりのために身を寄せにくる奴も多い。みんな温厚な奴らだから、襲われる心配はしなくていいぞ」

「分かりました」

あやかしの波に揉まれながら、すずは素直に頷いた。その間にも、大神は集まってくるあやかしたちからひっきりなしに声をかけられて、その全てに返事をしていた。彼の存在の大きさも、窺い知れるというものだ。

「ここのみんなは、大神様を『お館様』って呼ぶんだね？」

すずは忙しそうな大神の代わりに、肩にしがみついていた二体の鬼火たちに尋ねてみた。鬼火たちは振り落とされないように、すずの肩にしがみつきながら答えた。

「おおがみさま、おやしきのあるじさま」「だから、おやかたさま」「ぼく、おおがみさまよりも、こっちがすき」「ぼくもすきすき」

鬼火たちの言葉から察するに、この大神という存在は、現世とこの場ではかなり扱いが違っているようだ。

神様という認識が強い現世の人間たちは、彼を『大神様』と呼んで敬うことが多い。一方、ここのあやかしたちは屋敷の主という認識が強いので、親しみを込めて『お館様』と呼んでいる。

「すずちゃん、あしもと」「だんさがあるよ」「ころばないない」「おけがないない」

あやかしたちの群れに流されながらたどり着いたのは、人間百人くらいは入れそうな大広間だ。肩の上の鬼火たちが、一歩先にある敷居の段差を警告してくれたので、すずは注意深くまたいだ。

大広間に足を踏み入れた瞬間、ほっこりと温かい空気がすずを包み込んだ。さらに空気に乗ってやってきた食欲をそそるにおいが、彼女の鼻をくすぐった。

「ごはん、ごはん」「おきゃくさんとごはん」「すずちゃんとごはん」「ごはんはおいしい」

歌うような鬼火たちのはしゃぎっぷりに、すずの心も少しずつ高鳴ってくる。何かがくつくつと煮える音が、耳に心地いい。

「はいはい、押さない！　ちゃんと全員分あるからね！」

「もう少しおまけしとくわね、あんたたち育ち盛りだし」

「おや、お腹の調子が悪いのかい？　じゃあ今日は少なめにしようかね」

あやかしたちが列を作って並んでいる先から、はつらつとした女性たちの声が聞こえてくる。体格も年齢も様々なあやかしたちに合わせて、屋敷の女中たちが配膳しているようだ。体の大きなあやかしのどんぶりにはたっぷりと、逆に小さなあやかしにはお猪口《ちょこ》のようなお碗にほんの少し、といったふうに、女中たちはてきぱきと雑炊を盛っていく。

「こっちは身を寄せてる奴らの列だ。屋敷に元々住んでる奴らはあっち」

大神は配膳の列には並ばず、すずを連れて広間の奥へと向かった。

「あら、お館様！　今日は遅かったですねえ」

奥で作業をしていた女中たちのうち一人が、大神を見つけるなり声をかけてくる。明るい声でハキハキしていて、とても親しみやすそうな印象の女性だ。

「悪いな、お銀《ぎん》。他のあやかしたちと話してたら遅くなっちまった」

「相変わらず人気者ですのねえ」

女性はほほほと笑うと、大神の傍らにいるすずのほうへ向き、腰をかがめて話しかけてきた。

「初めまして、おすずちゃん。私はお銀よ。このお屋敷で女中頭《じょちゅうがしら》をしているの」

「は、はい。初めまして」

「ささ、貴方の席はこっちよ。人間のお客さんは久しぶりだわ～」

お銀と名乗った女中はさっそくとばかりにすずの手を取った。が、その手があまりに冷たかったので、すずは思わず「ひゃっ」と声を上げた。

「あはは、驚かせてごめんなさいね。私、雪女の血が入ってるから、手がちょっと冷たいの」

屈託なく笑うお銀を前に、すずは（雪女ってこんげ陽気なんだ……）と驚いた。

すずは用意された座布団までお銀に導かれると、促されるままそこへ腰を下ろす。

「貴方の分はちょっと少なめにしておくわね。あんまり一気に詰め込むと体に毒だって、薊先生も言ってたし」

すずの目の前に、茶碗の半分まで盛った鮭雑炊が置かれる。間近で感じるにおいに、すずの腹の虫は控えめに空腹を主張した。

「おぎんさん～こっちも～」「ごはんくーださい」

鬼火たちもすずの肩から飛び降りると、着地した畳の上でころんころんと転がりながら、食事をねだり始めた。

「はいはい、鬼火ちゃんたちの分もあるわよ。お盆から一つずつ取ってちょうだいね」

お銀が持っているお盆の上で、かちゃかちゃと音を立てながら、小さい陶器の器がひしめき合っている。鬼火たちは「わーいわーい！」「おまちかね～！」とわらわら集まってきて、お盆の中身に群がった。

（急に来たおらの分まで、用意してくれてたんだ……）

村では数に入れてもらえないのが当たり前だったすずは、丁重な扱いを受けて戸惑っていた。自分なんて残ったものを分けてくれるだけで十分なのに、と内心恐縮していると、

「どうしたのです、お嬢さん」

と、向かいの席に座っていた人物が話しかけてくる。大神の低く太い声とはまた違った、穏やかで優しそうな声だった。

「わ、私……こんなご馳走をもらって、いいんでしょうか？」

「もちろんです。遠慮はいりません。貴方、今までまともに食べてこなかったでしょう？　診察するまでもなく分かります」

「診察、ですか？」

すずが聞き返すと、相手は「ああ、失敬」とひとこと詫びて、改めて話し始めた。

「申し遅れました。我が名は薊。薬研《やげん》の付喪神《つくもがみ》です。この大神屋敷の医師として、お館様にお仕えしております」

「付喪神さんですか⁉　私、付喪神さんに会ってみたかったんです！」

付喪神というあやかしの話は、すずも祖母から聞いたことがあった。いわく、作られてから百年経ったモノには魂が宿り、まるで生き物のように自ら動き出すのだと。すずはその話を聞いて、祖母の三味線ももうすぐ付喪神になる頃だろうか、と想像してみたものだ。

「じゃあ、お銀さんの言ってた先生って……」

「はい、私のことです。ここへ運び込まれた貴方を治療させてもらいました」

なるほど、とすずは納得した。薬研とは薬作りの道具だ。薬は医術とも深い関係にあるから、薬研の付喪神である薊は医者になるというわけか。

「しかし、骨と皮ばかりで驚きました。人間の診察自体が久しぶりとはいえ、あんな不健康な状態、数年ぶりに診ましたよ」

薊が言うと、彼の傍らにようやく腰を落ち着けたお銀がケラケラと豪快に笑い出した。

「骨そのものみたいな顔の先生が不健康って！　おかしな話よねえ？」

「だっはは！　違いねえ！　薊は野ざらしに体が生えてるようなモンだしなあ」

「!?」

お銀や大神が笑いながら言い放った台詞に、すずはぎょっとした。まさか、優しげな薊がそんな衝撃的な姿をしているとは思わなかったのだ。もし盲目でなかったら、うっかり悲鳴を上げていたかもしれない、とすずは思った。

（見た目のことをこんげふうにして笑えるなんて……だっけ、この痣を見ても平気なのか）

すずが思っていた以上に、あやかしたちはあっさりと彼女を受け入れてくれたが、これまでのやり取りを聞いて腑に落ちた。

あやかしたちは個性が豊かすぎるのだ。お互いをありのままに見て、どんな個性も自然と受け入れてしまう。

からかわれた薊も「失敬な」と言いながら笑っていて、冗談を不快に思っている様子がない。

あやかし冗句《ジョーク》で周囲が盛り上がる中、すずだけがなんとなく苦笑いを浮かべていると、傍らで雑炊をちびちびと食べていた鬼火たちが、すずのほうを見上げて言った。

「すずちゃん、たべないの？」「もしや、ねこじた？」「さめたら、おいしくない」

あやかしたちが美味い美味いと言いながら料理に舌鼓《したつづみ》を打つ中、ずっと食事に手をつけないでいたすずを、鬼火たちは気にしていたようだ。

薊もすずの茶碗の中身が全く減っていないのに気づいて、

「もしや、具合が悪いのですか？」

と顔色をうかがってくる。

「大丈夫？　気分が悪いなら、外の空気でも吸ってくる？」

お銀も心配そうに肩をさすってくれるが、すずは具合が悪いわけではなかった。もちろん腹は減っているし、鮭も雑炊もすずの好物だ。

しかし、すずには空腹を押しても食事に手を出せない理由があった。

「ふもとで暮らしている人たちが食べ物に困っているのに、私だけこんなご馳走をもらうのは気が引けて……」

すずの反応は、あやかしたちにとっても想定外だったらしい。賑わっていた周囲が水を打ったように静まりかえった。ああ、しまった、あやかしたちの楽しそうな空気を台無しにしてしまった……と、すずは気まずくなって俯いた。

しかしそんな空気をすばやく打ち消すように、大神が口を開く。

「すず。お前、現世じゃもう死んだも同然なんだぞ。お前のいた村の奴らはともかく、お前を知らないふもとの人間のことまで気にかける必要はないと思うけど」

「でも……」

「どうしても気が咎《とが》めるなら、働くために食ってるんだと思えばいい」

「働くため？」

大神の言っている意味がよく分からず、すずは首を傾げた。

「そう。俺はこれから神様として『ふもとに降り続ける雪を止める』って大仕事をしなきゃならねえ。そしてすずは、仕事で疲れた俺を労わなきゃならねえ。俺を裏側から支えるってことは、お前も間接的にふもとの人々を助けているってことにならないか？」

「あ……」

確かに言われてみればそうかもしれない。村を助ける大神の疲れを取るのも大事なお役目だ。すずもまた、直接ではないが、飢えた人々を救おうとしているのである。

「ふもとの村を助けるためには、まずお前が食わなきゃならねえ。食って寝て元気を取り戻して、そこから話は始まるんだ」

すずはしばらく固まっていたが、漂ってくる雑炊のにおいが再び食欲をかき立ててくる。すると不思議なことに、あれだけ動かなかった右手が自然と匙《さじ》を探し始めた。

指に当たった匙を手に取り、どんぶりの場所も手で探り当てると、すずは雑炊をひと口すくい上げた。

「……はむ」

久しぶりに舌に触れた熱い感覚に驚いたすずは、ふう、ふうと口の中で雑炊を冷ます。次に感じたのは、鮭のほどよい塩味と柔らかく煮た米の甘味。ありふれた味が、舌を通してじんわりと体の奥に染み込んでくる。

「おいしい？」「さけ、おいしい？」

俯いたまま咀嚼《そしゃく》しているすずに、鬼火たちがにこにこ微笑みながら尋ねる。

「……おい、しい」

すずは頷きながら、雑炊を大事に噛み締めた。

温かいご飯なんて、どれだけ口にしていなかったことか。まして、誰かが自分のために、心を込めて用意してくれたご飯なんて――

ひと口目を飲み込み、喉も温まったところで、すずは先ほどより大きめなふた口目を頬張る。

「ふ、ぐぅ……」

すずの伏せられたまぶたの隙間《すきま》から、じわりと涙がこぼれてくる。溜まりに溜まった大粒の雫は、すずの頬を濡らし、手の上に落ちていく。

雑炊のものではない塩味も混じってくるが、すずは構わず雑炊を口に運び続けた。

「ふう、ううぅっ……うう～っ……！」

すずは顔中を真っ赤にして、唸るように泣き始めた。泣きながらも手を動かし続ける彼女の膝を、そばにいた鬼火たちがとんとん撫でてくれる。

周りのあやかしたちに静かに見守られながら、すずは温かい雑炊を少しずつ平らげていった。

——祖母が亡くなってから、忘れかけていた。誰かの心がこもったご飯は、こんなにも温かくて美味しくて、幸せだったのだ。

（三）

「うえんしょ　うえんしょ♪
早苗《さなえ》たずさえ　うえんしょ♪
そよ風　来たらば♪
さらりさらさら　あおのなみ♪」
冷たい風が吹きつける川の土手。幼いすずは着物一枚という異様な出で立ちで、絶叫しながら唄っていた。

喉が痛くても、血の味がしてきても、ただひたすら唄い続ける。遠くの空を飛ぶ渡り鳥を撃ち落とさんばかりに、何度も何度も声を出す。

一年の実に半分が寒風にさらされるこの島では、古来より『寒声《かんごえ》』と呼ばれる独自の唄修行が行われていた。寒中で声を出し、喉を鍛えるのだ。彼女はそんな唄修行の真っ最中だった。

「すず。よろっと帰るすけ、戻ってこい」

土手近くの小屋にいた祖母が呼びかけてきたところで、すずはようやく唄うことをやめた。すずは祖母の声がした先を目指し、どっさりと降り積もった雪をかき分け、祖母の元へ転がるように駆け寄る。祖母は鷹《たか》のように鋭い目ですずを見た。

「のめしこかんかったがか?」

「うん。神様が見てるすけ、しっかとお稽古したがよ」

「そんだらいい。怠け者《のめしこき》は立派な瞽女になれんっけな。ほれ、早う着なせや」

すずは祖母から差し出された半纏を受け取ると、それをくるくる回して、やっとこさ、すぽんと袖を通した。仕上げに半纏の紐を結び、「できたよ〜」と得意げになるすず。しかし、祖母はそんなすずを見て、やれやれと呆れ顔だった。

「そいじゃあ上と下があべこべだがね」

「あっきゃ、ほんとだ」

すずは半纏の紐をほどき、今度は上下を直してから袖を通して、紐を結び直した。

しかし、それでも祖母はよしと言わない。

「ちょうちょがおねんねしてしもうてる、縦結びだが」

「あれ？　おっかしいなあ。ばあば、むすんでよう」

「甘ったれんなて。そんがんことも一人でできねば、またおまんま抜きにしねばならんねえて」

「やだ、おまんまたべたい！」

「そんだら、ばあばにばっか頼ってねえで、自分で直しなせ」

すずはそう言われたので、紐を何度も結ぼうとしたが、なかなか上手くいかない。縦結びになったり、蝶結びにならずに解けてしまったりで、四苦八苦した。助けを求めようにも祖母は見守りに徹するばかりで、一向に手を貸してくれない。十度目の挑戦で「う～っ！」と唸り、癇癪を起こしそうになっているすずに、祖母は言い聞かせた。

「おめさんは目が見えねえすけ、人一倍苦労もあるこってさ。だろも、身の回りのことは自分でしねばならん。今からばあばの手を借りて甘ったれたら、おめさんは将来なんもできんお人形さんになるがよ」

すずはこのとき、たったの五歳。しかし、すでに両方の目が見えなかった。なので、同じ年頃の子供が明るい目で見ながら容易に紐を結べるのに対し、すずは手の感覚しか頼るものがない。上手く結べているか、失敗してしまったかは、祖母に指摘されるまで分からないのだ。

「お人形さんになったら、いつか狒々《ひひ》が住む山にぶちゃられるんだがや」

「ひひ？　ひひってなあに？」

「あっこの山ん中に住んでる、でっこい猿の物の怪だがね。時折里に降りてきては畑を荒らして悪さしたり、人をさらって食っちまう。なんでも、狒々は若い娘やおめさんみてえな幼げな子供の肉が大好物だとか……」

祖母の低く凄みのある声もあって、すずは薄暗い寒気に襲われた。

「やだ、やだ。ばあば、すずのことおいてかないでくらっしぇ」

「やなら早う結べ。狒々が降りてきちまう」

半泣きになるすずの心に深く刻みつけるよう、祖母はいつものように口を酸っぱくして言い続ける。

何もしないのはただの人形と一緒。お荷物になってしまう。いらなくなったお荷物はぽいっと捨てられるのがオチだ、と。

だから、このときもすずは気が気でなかった。今ここできちんと紐が結べなければ、祖母に首根っこを掴まれて山にいる狒々の餌にされてしまうと、本気で思ったのだ。

すずが震える手を無理やり動かし、紐をなんとか結び直すと、

「ようし、結べたな。おうちに帰るよ」

と、祖母はすずの手を包むように握って歩き出した。

「へへ、ばあばのおてて、あったかくていいにおいだねえ」

「おめさんは変わったことを言うね。婆《ばば》の手なんか土や藁でくっせえろうて」

「くさくないよう」

土や藁のにおいは、農民たちにとって親しい友人のようなものだ。祖母はその手で、ときに優しく、ときに厳しく触れてくれる。だから、そのにおいはすずにとって大好きな祖母のにおいだ。

「すずねえ、ばあばのおてて、だあいすき！」

シワシワであかぎれのある手から伝わる温もりは、いつだってすずを安心させてくれた。村では鬼婆と呼ばれていた祖母だが、すずにとっては誰よりも愛情深い人だった。

＊

早朝の風呂場は白い湯気が立ちこめ、ひんやりとしていた。すずは湯浴み着の上からかけ湯をして、さっと風呂の中へ体を沈める。

「はあ……極楽だあ……」

全身が温もりに包まれると、寒さで張り詰めていた全身の筋肉がひゅるんと緩んで、思わずほうっと吐息が漏れた。

「すずちゃん、おゆかげんは？」「あつくない？」「さむくない？」

かまどの中で密集した鬼火たちが聞いてくる。鬼火たちは薪に掴まりながら、体の炎をめらめらと燃やし、風呂のお湯を温めていた。

「大丈夫、ちょうどいいよ。ありがとうね、鬼火さん」

すずがお湯をちゃぷちゃぷ揺らしながら言うと、鬼火たちは声を揃えて「はあい」と返事をする。

（薊先生のお薬はすごいんだなあ。あっという間に体がぽかぽかだあ……）

すずが浸かっているのは、鉈切山の清らかな湧き水に薊が調合した薬草を混ぜた薬湯だった。とろりとした肌触りの湯を肩や顔にもかけていくと、独特のにおいが鼻をかすめる。祖母が使っていた膏薬《こうやく》のにおいにも似ていて、なんだか懐かしい気分だ。

「すずちゃん、にこにこ」「ごきげんさん」「いいこと、あった？」

かまどの鬼火たちに尋ねられて、すずは「分かる？」とはにかみながら返す。

「今日ね、久しぶりにばあばの夢を見たんだ」

温かい記憶が甦《よみがえ》ったのは、久しぶりに誰かの優しさに触れたからだろうか。亡き祖母にもう一度再会できたようで、すずは朝から幸せだった。

「すずちゃんの、ばあば？」「どんなひと～？」「きになるねえ」

鬼火たちが興味津々とばかりに、かまどの中から顔を覗かせる。すずは子供に昔話をするような気持ちで、祖母との思い出を語った。


しばらくして風呂からあがり、襦袢《じゅばん》に袖を通していると、お銀が何かを手にして脱衣所に入ってきた。

「ごめんね。本当は私がお世話できればよかったんだけど、雪女はお湯が駄目で。不自由しなかったかしら？」

「大丈夫です。鬼火さんたちが手伝ってくれましたから」

「それならよかったわ。少しずつ体を慣らしていきましょうね」

鉈切山は霊域であり、人間にとっては過酷な極寒の地だ。薬湯で体を清めて、寒さへの耐性を得なければ、大神様の使用人は務まらない――という薊の言葉を、すずは思い返した。

「それでね、おすずちゃん。今日から貴方も大神様の使用人だから、それらしい格好のほうがいいかと思って、緋袴《ひばかま》を持ってきたの」

「緋袴って、巫女さんが着ている服でしたっけ」

しかし困ったことに、すずは袴を身につけたことがなかった。袴の形状もよく分かっていないので、どこに足を通して、どの紐をどう結べばいいのかも分からなかった。

すずがそのことを恥をしのんで打ち明けると、

「まあ、そうなの？　なら、着付けてあげましょうか」

と、お銀は提案してくれた。しかし、すずは首を横に振って断った。

「一度、着方を教えていただけませんか。自分で着られるようになりたいんです」

「確かに、そのほうが今後のためよね。じゃあ、おすずちゃんの手を動かしながら教えるわね」

お銀はすずの手に袴を持たせながら説明する。すずもこくこく頷きながら、指の感触を頼りに手順を覚えていく。

驚くべきことに、すずはたった一度の説明で手順を完璧に覚え、試しに最初からもう一度やってみたら、自力で着付けてしまった。すずの見事な記憶力にお銀は感嘆する。

「すごい……一発で覚えちゃった」

「何度も説明させて、ご迷惑をおかけするわけにはいきませんので……」

「迷惑だなんて、とんでもないわ！　小さい頃から、そうやって覚えてきたの？」

「ええ、まあ」

偉いのねえ、とお銀は褒めてくれたが、すずにしてみればなんのことはなかった。「ただでさえ忙しい相手に、二度手間を取らせてはならない。言われたことは一度で覚えなさい」と祖母に教えられてきたから、そうするようにつとめてきただけだ。

「じゃあ、次はお化粧ね。これも毎日するものだから、今から教えておきましょうか」

すずはもちろん化粧もしたことがなかったので、その響きに胸をときめかせた。同時に、鏡も見られない自分にそんなことができるだろうか……という緊張もあって、しゅっと背筋を伸ばした。

「やっぱり、ここで働く方はみんなお化粧をするんですか？」

「しない子もいるわよ、あやかしは肌質も人間以上に様々だからね。けど、貴方に教えるお化粧は身だしなみのためというよりは、魔除《まよ》けの意味合いが強いかしら」

「魔除け？」

「そう。呪いの痣をそのまま剥き出しにしておくのは、あまりよくないのよ。呪いのにおいに引き寄せられた物の怪が、ますます貴方に集まっちゃうから。だからお化粧で隠して誤魔化しちゃうの」

つまり、これも身を守る術《すべ》の一つということだ。これ以上呪いを悪化させたくないすずにとっては、ぜひとも覚えておきたい技術だった。

女中部屋に場所を移すと、お銀は部屋の葛籠《つづら》からある物を取り出してすずに差し出した。

「私が娘時代に使っていた手鏡だけど、貴方にあげるわ」

「？　鏡なんて、私には必要ありませんよ？」

すずは自分にはもったいないからと断ったが、お銀は「いいから、いいから」と言ってもう一度すずに手鏡を渡した。

「おまじないよ。おすずちゃんが明るい目を取り戻せますようにって願掛けするの」

「願掛け……なるほど」

すずは胸がじわりと温まったのを感じつつ、受け取った手鏡をいろんな方向に回してみた。手のひらに収まる円盤状の手鏡は、よくよく探ると爪を引っ掛ける部分がある。そこに爪をかければ、手鏡は蛤《はまぐり》の貝のように開いた。

「そうそう、その蓋をくるっと回して立てるのよ。さ、始めていきましょうか」

お銀は手際よく手を動かし、すずの顔に化粧水をのせていく。お銀の手はひんやりしているので、すずは両側から頬を包まれながら「ひゃ」と声を上げた。

額の痣を塗《ぬ》り潰すように、ぺたぺたと何かを塗られ、顔全体に軽く白粉《おしろい》をはたかれる。細い筆で唇の線をなぞり、あとからお銀のひんやりとした指がとんとん触れた。

「今のは、口紅ですか？」

「ええ、鉈切山で採れる梅の実から作った口紅よ。魔除けには最適ね」

「烏梅《うばい》、でしたっけ？　梅の実を燻《いぶ》したやつですよね。お薬にもなるんだって、ばあばが言ってました」

「まあ、よく知ってるわね」

　すずはあやかしたちとの暮らしに難なく溶け込めてしまったことに自分でも驚いていたが——隠世に来てからの一週間を振り返ってみると、人間とあやかしの暮らしは驚くほど似ていた。

　たとえば、すずが住んでいた村では、銚切山で採れる梅の実や山菜などを、神様からのお恵みだと感謝しながら活用していた。隠世に住むあやかしたちも、薬草で体調を整えたり、梅の実を魔除けの口紅にしたりと、人間同様に銚切山の恩恵を受けながら生きている。

　——ひょっとして、人間たちが思っている以上に、あやかしと人間は近しいのではないか？

「うん、お化粧はこんなものかしら。色を差しただけでぐっと華やかになるわねえ。可愛いお顔でうらやましいわ～」

　すずがそんなふうに考えている間に、化粧は終わっていた。まるでお人形さんみたい、とお銀がめいっぱい褒めちぎってくれるのが、ほんの少し照れくさい。

「あと、髪にも椿油《つばきあぶら》を塗っておきましょうね。せっかくの綺麗な髪色なんだもの」

　すずの小豆色の髪は、栄養状態がよくなり、本来の美しさを取り戻しつつあった。お銀が椿油をつけた櫛《くし》で梳《す》いていくと、次第に髪につやが出てきた。

油につけられた花の香りがすずの鼻を優しくくすぐってくる。まるでお姫様のようだ、と心が躍るのと同時に、身分不相応な扱われ方がやはり落ち着かない。

「私、こんなにごーぎな扱いを受けてもいいんでしょうかね……？」

「いいの、いいの。それに、私たちは神様にお仕えする身だから、身なりを美しく整えるのは大事よ。きちんとしないとお館様の評判に関わるわ」

「うっ、それは気をつけないと……」

「あと、たまに出ている訛《なま》りも気をつけたほうがいいわね。お館様は気にしないでしょうけど、他の島の神様からしたら、なんというか……ちょっと野暮ったいかも？」

「うぐっ！　しょ、精進します……」

お銀の丁寧な言葉遣いに比べ、自分の訛った喋りのなんと粗野なこと。こんな田舎娘丸出しの振る舞いでは、恩人（恩神）の大神様に恥をかかせてしまう。

どうやら、お銀から教わらなければならないことも多いようだ、とすずは気を引きしめる。

そんな生真面目すぎるすずを見て、お銀は思わず笑いだした。

「気負いすぎずにやっていきましょ。おすずちゃんならきっと大丈夫よ」

「そ、そうですかね……」

すずが緊張と期待でそわそわしていると、不意にお銀がぽつりと漏らした。

「私の娘も、生きてたら貴方みたいな子だったのかしらねえ」

「え？」

「いえね、私も昔はお母さんだったのよ。生まれてすぐに亡くしてしまったから、ほんの僅かな時間だったけど。だから貴方と接していると、娘と話している気分になるの」

すずは少し意外に思った。お銀の声は若々しくてハリがあるので、子供がいたとは想像もつかなかった。まあ、永いときを生きると言われるあやかしを、人間の物差しで測るのがそもそもの間違いかもしれないが。

「子供が少し大きくなったら、こんなふうに髪を梳いたり、お化粧してあげたりしたいなって、楽しみにしてたのよ。結果は残念だったけど……娘にしてあげられなかったことが、今、貴方にできているから。なんて言うのかしら、この縁が本当に奇跡みたいだなって思うの」

「縁、ですか」

髪を梳いているお銀の手つきが、まるで何かを手繰り寄せているかのように感じられた。命がけで生んだ子供をすぐに亡くしてしまうなんて、どれほど悲しかっただろうか。

空気がしんみりすると、お銀は明るい声で取り繕った。

「あはは、ごめんなさいね。こんな身の上話を聞かされても、困るわよね」

「……私も」

「ん？」

「私も……お母さんがいたら、お銀さんみたいな人だったのかな、って思います」

温かい心と、優しい手を持っていて、よく笑う。早くに母を亡くしたすずには、ただ想像するしかできなかった母親像。お銀はまさに、すずが思う『母親』そのものだった。

お銀はしばらく、ぐっと何かをこらえるような顔をして、

「ありがとう。嬉しい褒め言葉だわ」

と、静かに言った。

（四）

「ついた、ついた」「おやかたさまのおへや」

すずの両肩に乗った鬼火たちが言う。周囲よりもやや豪華な装飾の襖《ふすま》を前に、すずは何度か深呼吸をした。

（大丈夫だ。身だしなみはお銀さんが整えてくれた。あとはおらが失礼のないようにするだけ……）

さあ、いよいよ初仕事だ――すずは気合いを入れるように声を張った。

「大神様、失礼いたしますっ！」

声が廊下に反響したあと、「どうぞ」と返事があったので、すずは襖にそっと手をかけた。

「お、おはようございま……うひゃあっ⁉」

「きゃふんっ！」

襖を開けた途端、すずの胸を目がけて、柔らかい毛玉のようなものが飛んできた。

すずは驚いて悲鳴を上げつつも、飛んできたその毛玉をなんとか受け止めた。

「お館様、目が見えない彼女にいきなり飛びついたら、びっくりされますよ」

「えっ⁉　お館様⁉」

部屋の奥から聞こえてきた薊の台詞に、すずは仰天した。

手の中にいる毛玉をあらためて触ると、動物的な柔らかいぬくもりを感じた。ぱたぱたと左右に揺れ動いている物体は、尻尾だろうか。耳を澄ませば、はふはふと嬉しそうな息づかいも聞こえてくる。手で優しく包んでみると、ピンと尖った耳が手のひらに当たった。これではまるで――

「お、大神様……もしかして、わんこになってます？」

「わふん！」

元気よく返ってきた返答は完全に子犬のものだった。普段の大神の、びりびり響くような低い声とは全く異なる、無邪気で可愛らしい声だ。すずの手が大神の顔に触れると、大神はもっとしてくれと訴えるようにぴーぴー鳴き、頭をぐいぐい押しつけてくる。

（うわああああっ……！　なんだこれ、なんだこれ……っ！　大神様ってこんげめんこかったんかぁ～っ⁉）

すずは人生で初めて膝から崩れ落ちそうになった。骨抜きにされるという表現はよく耳にするが、すずは全身を支える骨が一瞬で豆腐に置き換わったのではないかと思った。

「しかし、大神様はどうしてこんなお姿に？」

「お館様は本来、体が大きいですからね。すず殿がやりやすいようにと考えて、その姿を取っていらっしゃるのです」

さあどうぞ、と言いながら、薊はすずに向かって袖を差し出した。すずはその袖に掴まりながら、敷居を跨いで室内に入る。

（大神様のにおいがする……）

大神のにおいとは、一言で言えば、よく洗った毛皮を干したときのにおいだ。獣から人間の嫌いな獣臭さだけを取り除いたような、なんとも言えないかぐわしさがある。

「お館様は昨夜のお仕事でお疲れだったようで、貴方に撫でてもらうのを心待ちにされていましたよ」

「そ、そんなにですか……」

しかし、それほど疲労困憊だった大神がすぐに自分の元へ駆け寄ってきてくれたと思うと、すずは嬉しくなってしまった。

「毛づくろいって、具体的に何をするのですか？　私、動物のお世話をしたことがなくて……」

「今日のところは撫でて差し上げるだけで結構ですよ。それだけでも十分毛並みは整いますので」

薊に誘導してもらいながら、すずは座布団に正座し、膝の上に大神を座らせた。大神はすずの膝の上に乗って安心したのか、くたっと脱力し、体を放り出した。彼女が来た喜びで少しだけ頑張ってはみたものの、できればもう動きたくないようだ。

すずは大神の額を、毛並みに沿ってゆっくり撫でてみた。すると大神はきゅうきゅう鳴きながらすずに甘えだした。その嬉しそうな声に、すずも思わず微笑みを浮かべた。

「意外かもしれませんが、人間やあやかしに触れてもらう行為は、大神様にとって非常に大事なことなんですよ。そうすることで力を補給することができますので」

「力の補給、ですか」

額のあたりを撫でていたすずは、さらに手を移動させて、頭のてっぺんや首のあたりを撫でてみた。すると撫でる手の動きを邪魔しないよう、大神の小さな耳がぺたんと伏せられ、もこもこの毛並みに埋《う》もれた。完全に撫でられるための姿勢であった。

「『霊力《れいりょく》』を持った存在に直に触れてもらうことは、大神様の『神力《じんりき》』を補給して力の流れを整えるのに役立つのです」

「じんりき？」

「読んで字のごとく、神様の力のことです。そして『霊力』とは人間やあやかし、植物や動物など、あらゆる生命に宿る根源的な力のこと。ですので、私にもすず殿にも霊力は宿っています」

「うーん……でも、霊力ってよく分かりませんねえ」

すずは霊力という単語は聞いたことがあるものの、それがどういったものなのかがよく分からなかった。なので、自分に霊力が宿っているということも、いまいちピンとこなかった。

「一般的に、人間はあやかしよりも霊力に疎い種族と言われています。神職や修験者のように修練を積んでいない限り、霊力を感じ取ることは難しいでしょう。ですが霊力はあらゆる生命に必要な力。霊力が尽きた生命は魂を維持できずに死んでしまいます」

薊が合掌すると、いつの間にかすずの肩から頭に移動していた鬼火たちも、小さな両手を合わせて「ちーん」「ぽくぽく」と真似をし出す。

「さて、神力と霊力の関係ですが、すず殿は照日ノ国に伝わる『国生《くにう》み』の神話をご存知ですか？」

「ええと……この国は照姫様《てるひめさま》がもたらした恵みの力によってできている、ってお話ですよね」

「そのとおり」

照日ノ国は、もともと生命のない不毛の島であった。それを見かねて舞い降りたのが、原初の女神『照日大御神《てるひのおおみかみ》』――通称『照姫《てるひめ》』だ。照姫が神の力を使って恵みをもたらすと、島には草木が芽吹き、鳥や虫や獣、さらには人や人ならざるものといった、あらゆる生命が誕生した。生命たちは母神たる彼女を女王として崇め奉り、日々供物を捧げて感謝を伝え、祈るようになったという。

そのあと、照姫は天上の都へ帰ることになるのだが、彼女の後継たる神たちが島を治めるようになってからも、生命たちはその風習を絶やさぬように伝えてきた。そして島はやがて一つの国として発展を遂げ、照姫の名前から『照日ノ国』と呼ばれるようになった。

――というのが、この国に伝わる『国生み』の神話である。

「我々が日々口にする食事も、元をたどれば霊力を宿した動植物です。この世の森羅万象に宿る霊力は、神々によってもたらされる恵みを糧とします。神々が恵みをもたらすときに必要とするものが、神力なのです」

「ふむふむ」

「ところが、神力は無限に生み出せるものではありません。原初の女神の系譜《けいふ》に属さない神々は、神力の補給を必要とします。その補給元が、現世から捧げられる供物や信仰の心なのです」

「ああ、そういえば、私の村でもそんな儀式がありましたね」

すずが住んでいたふもとの村々には、毎年春が来る前に五穀豊穣を祈り、秋に実った作物を奉納する神事がある。祈りに応えて恵みをもたらしてくれた神に、実った作物の一部をお礼として捧げるのだ。

「あれは人間だけじゃなくて、神様にとっても必要なものだったんですね」

「ええ。春の儀式で人々の祈りから神力を得た神様は、その力で大地に恵みをもたらします。そして、秋に実った作物を受け取ることで、使った神力を返してもらっているのです」

「じゃあ、霊力と神力は、神様と人間の間で形を変えながら、ぐるぐる回っている……ということですか？」

「ご明察です。すず殿は理解が早いですね」

「いえっ、そんなことは……」

すずが謙遜すると、彼女の頭上にいた鬼火たちが歌うように「すずちゃん、さすが」「すずちゃん、かしこい」と盛んに褒めてくる。

照れ隠しのように熱くなった頬をぎゅっと押さえるすず。

「現世の人間が捧げる作物、それに祈祷や神楽《かぐら》。これらは神々にとっての大事な力の源となるのです。神は現世から贈られる霊力を神力として蓄え、その神力で再び恵みをもたらし、生命たちに霊力として還します」

ここまでは分かりましたか？　と確認する蓟に、すずは頷いた。

しかしこの間、すずは思考に気を取られて手が疎かになっていた。大神が「ちゃんと撫でて！」と言わんばかりに、彼女の手にかぷっと噛みついた。

「わわ！　ごめんなさい、大神様」

大神は膝の上で体勢を変えたかと思うと、今度はお腹を見せてきた。

「今度はお腹側ですか？　よしよし～」

「きゅう～」

大神のお腹はもこもこしていて、撫でているうちに手が毛並みに埋まりそうになる。

温かくて柔らかくて気持ちよくて、くせになりそうな撫で心地だ。

触っているうちに、すずはふとあることに気づいた。

「なんだか、毛がちょくちょく抜けていますね？　生え変わりですか？」

「いいところに気づいてくれました。簡単に言うと栄養不足です」

「栄養不足？」

「はい。北国島の民から捧げられる供物の多くは作物や魚、獣肉などですが、ここ数年は天候のせいで供物の質が落ちているのです。お館様はずっと、神力を十分に回復できていない状態なのですよ」

「ええ⁉　大丈夫なんですか、それは！」

心配になるすずだが、それには及ばないと薊は言った。

「お館様が今すぐ具合を悪くすることはありません。ただ、神力が足りない今、お館様は現世に十分な恵みを与えることができません。そうなると、現世の作物にも影響が出ますし、翌年の供物の質がまた下がってしまいます。そしてまたお館様が神力を回復できない……そういう悪循環ができあがってしまっているのです」

「それはまた……大神様も大変だったんですね」

すずは話を聞いている最中、村での様子を思い浮かべて心を痛めていた。

というのも、彼女が住んでいた村では、ここ数年不作が続いていたのだ。一番影響が大きかったのが穀類で、春夏の間に病気になってしまったり、やっと収穫しても実りが悪かったりしたという話を聞いた。村人たちが食べられる穀類はほんの僅かで、お供え用のお神酒《みき》を造ることもままならない。近隣の村も似たような状況だったそうなので、大神にもまた、質のいい供物は届けられなかったのだろう。

人間の力ではどうしようもできなかった――とは言っても、神力を削りながら恵みを与えてくれていた大神に対して、これではあまりに申し訳が立たない。

すずは村人たちの代わりに、大神に向かって土下座でもして謝り倒したくなった。

「そこで、すず殿の出番です」

が、こんなところで自分の名前が出てくるとは思わず、すずはきょとんとした。

「万物に宿る霊力にも、質というものがあるのですが、すず殿の霊力は非常に質がいい。百年に一度現れるかどうかの逸材だと、お館様も仰っていました」

「私が、ですか？」

「ええ。鬼火たちが常にすず殿の周りにいることが、何よりの証拠ですね。彼らは神と、良質な霊力の持ち主にしか懐きませんから」

「そうなの？」

すずは頭上にいる二体の鬼火に触れながら、尋ねてみた。頭を撫でられたと思ったのか、きゃあきゃあと嬉しそうにはしゃぐ鬼火たち。

「すずちゃん、やさしい」「たましい、きれい」「あったかくて、つよいんだよ」「おおがみやしきみたいに、ぽかぽかしてるの」

よく分からないが、鬼火たちにとって、すずは居心地のいい宿のようなものらしい。

「実は、お館様がすず殿に毛づくろい役をお願いしたのは、貴方の良質な霊力を分けてもらうためでもあったのです。貴方は少量の霊力で、神力を大きく回復させることができます。北国島により大きな恵みをもたらすことや、この大雪を抑え込むことも可能になるでしょう」

薊の話を聞いて、たまたま生贄として捧げられたのが自分でよかった、とすずは思った。

自分のことを散々虐げた村人のことはさておき……大恩ある大神の手助けができるというのなら、これは願ってもない話である。

すずが大神を丹念に撫でていると、彼女の膝の上で大人しくしていた大神が不意にひょこっと立ち上がった。

「大神様？　もういいんですか？」

大神はその場でぎゅーっと伸びをしたかと思うと、すずの膝の上から畳に転がるようにでんぐり返りをした。

「んぁ～っ！　整ったあ！」

「⁉」

それまで犬語しか喋らなかった大神が、唐突に人語を話し始めた。彼はすずの膝から降りたかと思うと、正座していたすずを抱き上げた。そして、お返しとばかりに軽く頬擦りをしてきたが――それがまた、二重の意味ですずを仰天させた。

「大神様……え？　あれ？　もふもふじゃない⁉」

頬に感じたのはもふもふの毛の感触ではなく、明らかに人の皮膚の感触だ。大神は一瞬で獣から人間に変化したのである。

しかも人間の男に抱き上げられ、頬擦りをされているというこの状況。すずが動揺しないわけがない。

「言ってなかったか？　俺は人間に近い姿も取れるんだぞ」

「え……ええええええ⁉」

大神は声を上げて驚いているすずに、更なる追い打ちをかけた。

「お前がたくさん撫でてくれたおかげで、たっぷり回復できた。本当に助かった、ありがとうな！」

なんと、大神はすずをぎゅうっと抱きしめてきた。

今までまともに男性と接触したことがなく、それどころか男性など一生無縁だと思っていたすずである――太くてたくましい腕も、分厚い胸板も、体温や鼓動も、彼女にはいささか刺激が強すぎた。

「ひいいい！　堪忍してくらっしぇ～っ‼　おおお男の人に抱っこされるなんて、おおおおおらには早いですうう！」

すずの体温は急上昇して、今にもボン！　と破裂してしまいそうだった。顔から耳まで真っ赤に染めあげ、大神の腕の中でじたばた暴れている。

しかし大神からしてみれば、すずの反応は思ったものとは違ったようで、

「ん？　だめか？　すずは抱っこが嫌なのか？」

と、首を傾げている。

いつまでもすずを離さないでいる大神に、

「少女のように見えても十六歳の女性です。初対面も同然の男性から抱っこされて嬉しそうに受け入れるわけないでしょう……」

と薊が苦言を呈した。

「十六歳なんてまだ子供だろう。屋敷に来る子供はみんなこうすれば喜ぶぞ？」

大神は下心抜きで、純粋にすずを喜ばせたかっただけだった。薊の苦言の意味は何も理解していないらしい。鈍感な主の反応に、薊はやれやれとかぶりを振った。

「人間の十六歳は、半分大人のようなものです。いくら大神様と言えど、女性を子供のように扱うのは失礼ですよ」

「む、そうか……それは悪かったな。すまなかった、すず。失礼なことしちまって」

しゅんと謝りながら下ろしてくれる大神に、すずはただ、

「はひぃ……」

と力の抜けた返事をすることしかできなかった。

（五）

大神から思わぬお返しをもらったすずの熱は、未だ冷めやらなかった。お銀に頼まれた洗濯物をたたむ仕事で紛らわそうにも、

「すずちゃんのおかお、まっかっか」「りんごみたいに、まっかっか」

と、鬼火たちが無邪気に歌ってくるので、すずはますます縮こまってしまう。

（ああ、もう！　なして顔を赤くしてるんだ、おらは！　仕事に集中するんだ、馬鹿たれめ！）

頭を横にぶんぶん振って落ち着こうとするすずだったが、大神に抱きしめられた感覚はなかなか離れてくれない。冷静になりたい理性とは裏腹に、本心はすっかり舞い上がってしまっていた。

（駄目だ、相手は神様だぞ！　こんげのおらが抱いていい感情じゃねえ！　しっかりしなせや、すず！　立場をわきまえるんだ！）

大神のした行為に深い意味などない。彼はただ単純に、お礼で自分を喜ばせようと

しただけなのだ。勘違いして浮かれて首ったけになってはいけない。神様という崇高な存在に、賎《いや》しい身分の自分が惚れていいわけがない。

頭をぽこぽこ叩いて必死に忘れようとしていると、部屋の外から子供の騒がしい声が聞こえてきた。

「馬鹿野郎、姉貴が力加減しないから破けちゃったじゃないか！」

「紅《べに》が横から引っ張ったからでしょ！　あたしのせいにしないでよ！」

「二人とも、けんかはやめようよ～」

どうやら廊下のほうで子供たちが揉めているようだ。洗濯物をさっさと畳み終えたすずは、鬼火たちと部屋を出て会話に耳をそばだてた。

「あーあ、これじゃあまたお銀に叱られるわ……どうするのよ、これ」

「糊《のり》でくっつけたらごまかせるんじゃねえの？」

「馬鹿ねえ、糊なんて濡れたらすぐに取れちゃうでしょ。やっぱり縫わないと」

「じゃあ、早くそうすればいいじゃんか。つべこべ言ってないで、針箱持ってこいよ」

「無理よ、あたしはお裁縫が苦手なの！」

「なんだよ、達者なのは口だけか！」

「うっさい、あんたなんて糸通しもできないくせに！」

激しく言い争いを繰り広げる男児と女児。その声を聞いて、鬼火たちがすずに耳打ちしてきた。

「おうめちゃんと、べにうめくん」「なまはげのきょうだい」「おやかたさまの『このえ』？　だよ」「いつもけんか、するする」

『このえ』とは、主人の周囲を守る『近衛《このえ》』のことだろうか。あんな幼げな子供が大神様の警護を？　と、すずは意外に思った。

「このまま放っておくのもよくないな。話を聞いてこよう」

すずは声が聞こえるほうに向かっていった。足音や会話からして、なまはげの姉弟《きょうだい》の他にも何人か子供たちが集まって、両者をなだめているようだ。すずは子供の集団に、

「ねえ、貴方たち。どうして喧嘩しているの？」

と、声をかけてみた。

すると、子供たちはすずの声にきゃっと驚いて、静まりかえった。

見慣れない相手に警戒しているのだろう。すずは子供たちを刺激しないように柔らかな声で話す。

「突然ごめんなさい。私、目が見えないから、何が起こっているのかさっぱりで……よかったら教えてくれないかな」

すずはその場に膝をついて子供の返答を待った。鬼火たちも「こわくないよー」「すずちゃん、やさしい」などと、すずの両肩から声をかけている。

「あー……誰だ、お前？　見ない顔だな」

「お館様が連れてきた人間の子よ。ほら、毛づくろい役の」

「ああ、そういえば言ってたっけ」

少しの間、気まずい雰囲気が漂った。つかの間の沈黙を破ったのは、なまはげの姉弟の女児――青梅《おうめ》だった。

「こいつが私の畳んでた洗濯物を横取りしてきたのよ。無理やり引っ張ったせいで、お館様の大事なお着物が破けちゃったわ！」

すると、なまはげの男児――紅梅《べにうめ》もすかさず噛みついた。

「はあ⁉　姉貴の畳み方が雑だったから、教えてやろうとしただけだっての！　拒否ったのはそっちだろ！」

「紅兄ちゃん、やめなって！」

「ひったくろうとしたあんたが悪いのよ！　今日はあたしがお館様のお着物を運ぶ番って、約束したでしょ！」

「ひったくるってなんだ！　おれはちゃんと貸せって言っただろ！」

「ふたりとも、もうけんかしないで……」

「黙ってろ！　だいたい、あんな畳み方じゃシワがついて――」

周りの子供たちに止められてもなお、喧嘩をやめない姉弟。あまりにも酷い非難の応酬だ。

「こらーっ‼　おめった、ちっとばか静かにしなせや‼」

見かねたすずが、腹から声を出して二人を一喝した。幼い頃から唄修行をしてきたすずの声は、少女のものとは思えないほど太くて力強い。子供たちの声が豆鉄砲なら、すずの声は大砲並みだ。

姉弟と他の子供たちがひゃあっと声を揃えて飛び上がったのと同時に、すずはしまった、と慌てて口を押さえた。

「こほん。……破けたのはどうしようもないよ。私が直すから、喧嘩をするのはやめようね」

すずは咳払いをしてからさっと笑顔を作り直し、ゆったりとした口調で言い直した。

「お前、目が見えねえのに裁縫できるのかよ」

「大丈夫。小さい頃から練習してきたから」

しばらくすずに訝しげな視線を向けていた姉弟だが、やがて自分たちではどうしようもないと判断したらしい。紅梅が「針箱、とってくる」と踵を返した。さらに青梅も、

「じゃあ、お願い。背中心のところ、直して」

と言って、破けた着物をすずに差し出してきた。

しばらくして紅梅が針箱を手にして戻ってきた。すずは針箱の中に収まっている針

山から、これだと一本の針を選び取った。小さな穴を指先だけで探り当て、そこへ一発で糸を通すと、子供たちから「わあ、すごい！」「見えてるみたい！」と歓声が上がった。

（ばあばの教えてくれたお裁縫が、こんげとこで役に立つとはなあ）

ひと針ひと針正確に縫いながら、すずは幼い頃の記憶を思い返した。

練習を始めた当初、何度も針で指を刺してぴいぴい泣いたものだ。しかし祖母は容赦がなくて、糸通しができるまで夕飯をおあずけにされたこともある。あまりの厳しさに祖母を恨んだこともあったが、祖母はそれでもつきっきりで指導してくれた。

その甲斐あって、すずは今、目が見えている人と同じくらい正確に繕えるようになった。

指先の感覚が鍛えられて、できるようになったことも多い。そういうとき、厳しい祖母の指導のありがたみがよりいっそう身に染みたものだ。

「あげんしょ　あげんしょ♪

黄色い花を　つみんしょ♪

そこかしこに　見えるは♪

ひらりひらひら　ちょうのまい♪」

すずは子供たちが退屈しないよう、手を動かしながら唄を口ずさんだ。

「なんだ、それ？　現世の唄か？」

「あたし、聞いたことがあるかも。ふもとの人間の子供がよく唄ってたわ」

「そうそう。ふもとの子供はみんなこれを唄いながら遊ぶんだ」

田舎の田園風景にそのまま節をつけたようなそれは、鉈切山のふもとに住む者なら誰でも知っているわらべ唄だ。

「かわいいお唄だねえ」

「おいら、人間の唄を聞くなんて初めてだよ」

子供たちは楽しげなすずの唄に耳を傾け、手拍子を打ってくる。中には一緒に唄おうとする子供もいて、すずの頬は自然と緩んだ。

「はい、お待たせ。これで全部縫えたかな」

「もう終わったのかよ！」

紅梅が受け取った着物をばさっと広げた。青梅も広げた着物をすみずみまで確認し、

「へえ……」と感嘆している。

「すごい……ちゃんと表から糸が見えてない」

「人間は手先が器用だって知ってたけど、お前すげーんだな!?」

予想を上回る完成度に、なまはげの姉弟や子供たちは感激している。すずへの警戒心や疑いはすっかりなくなったようだ。きらきらとまっすぐな視線を向けているのが、目の見えないすずでも感じ取れた。

「私、役に立てたかな？」

「もちろんよ、ありがとう！　そうだ、ちょうど針仕事の人が欲しいってお銀が言ってたし、あなたが立候補したらどう？」

「なら、おれも一緒に行って、お銀に言ってやるよ。そのほうが説得力あるだろ？」

「本当？　嬉しいなあ」

すずにとって、何かを任せてもらえることは非常にありがたいことだった。

村では『でくの坊』と呼ばれてきたが、そもそもすずは、何かの役目をもらえたことがない。面倒事を増やされてはたまらないから何もするなと言われ、強制的に仕事を奪われ続けてきたのだ。

この場所は妙な気遣いや偏見もなく、正当にすずを評価してくれる。一方的に役立たずと言われてきてきたすずにとっては、救われた気分だった。

「すずちゃんやさしい」「みんなもやさしい」「おてもきよう」「みんなもにこにこ」

両肩の鬼火たちが、ぽんぽん跳ねながら歌いだす。その様子をなまはげたちは不思議そうに見ていた。

「お前、本当に鬼火たちから好かれてるんだな」

「ねー。あたし、鬼火たちがお館様以外に懐いてるの、初めて見たわ」

青梅が指先で鬼火の頬をちょいちょいつつく。すると、つつかれた鬼火は「きゃあ」

とおもちゃのような声を上げて、すずの背中に隠れた。

「それだけ、お前の霊力が魅力的ってことだな」

「その分、物の怪にも狙われやすいってことね」

「そ、そうなの？」

「そうそう。気をつけろよ。質の高い霊力を持った人間は、物の怪にとってもめったに食べられないご馳走だからな」

「油断しないのよ。でなきゃ、物の怪に騙されてぱくっと食べられちゃうんだからね」

「……重々気をつけます」

すずはこくこくと二度頷いた。物の怪につけられた痣や盲目だけでもたくさんなのに、そのうえ食べられてしまってはたまらない。それに目が見えないすずは、何かに襲われたとしても逃げることなど不可能だ。襲いかかられた時点で致命的である。

「ま、心配しすぎんなよ。いざというときは、おれらが守ってやるからよ」

「あたしたち、これでも強いんだからね。もちろん、お館様には敵わないけど」

すずの不安を察してか、なまはげたちが仁王立ちになってそんなことを言った。どんっと胸を叩く音と、ふんっと鼻息を吐く音が聞こえた。

「それに、鬼火の炎は物の怪が嫌がるわ。何かあったときは、鬼火たちがあなたを守ってくれるはずよ」

「この子たちが?」

すずが鬼火たちに指先で触れると、鬼火たちはきゃっきゃと喜びながら、指に頬擦りをしてくる。

「だいじなすずちゃん、みんなでまもるよ」「もののけきたら、ぷーっ! ってなるよ」

鬼火たちが風船のように体を膨らませ、めらめらと炎を燃やしている。彼らなりの威嚇の構えなのだろうか。闘志を滾らせる姿は、頼もしいというよりは可愛らしいといった印象だが、やる気を出してくれるのはすずにとってもとても嬉しいことだった。

「ありがとうね、鬼火さん。頼りにしてるね」

と、すずは鬼火たちの頭を指で撫でた。

＊

「そろそろご飯の時間かなあ」

作業をあらかた終えたすずが部屋に戻った頃には、地平線に太陽が足をつけ始めていた。

夕刻の鐘が鳴るまで少し休もうと、すずは畳の上にごろっと寝転がる。

(ああ、疲れた……お仕事で疲れるって、こんげなんだ)

体は重いのに、心は夕暮れ時の風のように清々しかった。誰かのために汗を流したり、疲れたりすることが、こんなにも気持ちいいなんて。あばら屋での虚しい暮らしとは大違いだ。自分もやっとあの湿った空間から解放され、人並みの生活を送ることができるのだ——すずは働く幸せを噛みしめていた。

「きょうのごはんは♪」「なんだろな♪」「おだしのにおい♪」「おみそのにおい♪」

肩から降りた鬼火たちは、畳の上でぴょんぴょん飛び跳ねたり、ころころ転がったりしている。彼らの歌う声がちょうど子守歌のようになって、すずはとろとろまどろんだ。

すずの意識が夢の世界に行こうとしたとき——それを打ち破るように、表の戸を強く叩く音がした。

「ごめんください。開けてもらえませんか？　道に迷ってしまって」

戸の向こうから訴えてきたのは、若い女の声だった。かすかに赤子の泣く声も聞こえる。迷い人だろうか、とすずが体を起こすのと同時に、台所から出てきたお銀が「はあい、どなた？」と客人を出迎えた。

「突然、すみません。ここに来れば助けてもらえると聞いたので。どうか、一晩泊めてもらえませんか」

「まあ、寒いところを大変だったわね。さあ、あがって」

お銀が迎え入れた女は切迫した様子で助けを求めていた。赤ん坊もふぎゃあふぎゃあと大声で泣いている。

「この子がお腹を空かせて泣き止まないんです。でもずっとお乳が出なくて、このままじゃこの子が……」

「大丈夫よ。ここにいるお母さんたちに、お乳を分けてもらえないか声をかけてみるわ。でも、まずは早く温まりましょうね」

お銀は胸の痛そうな声で女を慰めている。声まで凍えて震えている女に、親身に寄り添っていた。

玄関をあがり、廊下を歩いてくる彼女たちの会話を襖越しに聞いていたすずは、

「こんなところに赤ん坊と迷い込むなんて、どうしたんだろう……」

と、気の毒そうに漏らした。

そんなすずの傍らで、鬼火たちはころんと首を傾げながら無邪気に話し出した。

「ね、ね。あのこ、あかんぼう？」「もしかして、あばれんぼう？」「でも、そとみはあかんぼう」「でも、なかみはうそんこ？」

足音が近づいてくるにつれて、鬼火たちがそわそわしだした。彼らの話し声が廊下にも聞こえてしまいそうだったので、すずは慌てて、

「こら、そんなこと大きな声で言ったらだめ」

と注意した。

それとほとんど同時だっただろうか――ちょうど部屋の前を通りかかった女の足音が、ぴたりと止まった。

「？　どうしたの？　何か気になることでも？」

足を止めた女にお銀が怪訝そうに聞いている。

「みつけた。今日のご飯」

次の瞬間――切なげだった女の声色が、暗く低いものに豹変《ひょうへん》した。

「さあ、坊や。たんとお食べ」

赤子の泣き声が、大人の男のような野太い鳴き声に変化した。

襖の向こうで突如起こった異変にすずは息を詰まらせた。全身の筋肉が一気に硬直し、悪寒が走り抜ける。

「――逃げて、おすずちゃん！」

お銀の警告と同時に赤子の首が長く伸び、襖を突き破って乱入してきた。どうん！と大きな音が屋敷中を揺らした。

「きゃああっ⁉」

風船のように大きく膨れ上がった赤子は真っ黒な異形に化け、すずに襲いかかった。

うずくまったすずの眼前まで異形が迫ってきたとき、

「ぷーーーっ‼」

と、鬼火たちがおもちゃの笛のようなけたたましい声を上げ、威嚇した。

鬼火たちはすずと異形の間に割って入り、大福のような体を急激に膨らませた。西瓜《すいか》ほどの大きさになった二体の鬼火たちから大きな炎がボワッと噴き出すと、正面から炎を浴びた異形が「ギャア！」と驚いて飛び退いた。

「立って！」

異形が怯んだ隙に、お銀がすずを連れて走り出す。すると、こっちへ逃げろと二人を招くように閉じた目の前の襖がぱんっ！　とひとりでに開いた。まるで屋敷自体が意思を持っているようだった。

二人は次々開いていく襖に導かれながら、奥の部屋へと逃げ込んだ。ほどなくして首を長くした異形が、恐るべき速さで追跡してきた。

「何よあれ、あんなの見たことないわ！」

後ろを振り返ったお銀が叫んだ。

鬼火たちの炎をかいくぐった異形は、もはや赤子の形をしていなかった。巨大な体は黒く堅い羽に覆われ、猛禽類を思わせる強靱な足には鋭い爪が生えている。見た目どおりの質量を持った体で、二人が通ったあとに閉ざされた襖を次々に破り、突進してきた。

「しつこいわね、もう！」

お銀はすずを連れたまま後ろへ振り返ると、異形に向かってふうっと息を吹きかけた。

すると、異形の大きく開いた口が瞬く間に霜に覆われた。徐々に体の自由を奪われ、異形の動きは完全に止まった――かのように思われた。

「ギビャァアア！」

突然、獣とも言いがたい、いびつな鳴き声で異形が叫んだ。すると、顔を覆い尽くしていた霜や氷は、あっという間に吹き飛ばされてしまった。

「嘘でしょ……あれを破るなんて、どんな鳴き声してるのよ！」

二人が逃げ回っているうちに、異変に気づいた他のあやかしたちも悲鳴をあげて逃げ惑い始めた。

混乱に陥った多数のあやかしたちの群れで、逃げ道が塞がれてしまう。

万事休す――すずの髪を異形の硬い嘴《くちばし》が捕らえそうになった、そのときだった。

「失礼するぜ！」

「よいしょっと！」

突如、二人の子供たち――真っ赤な肌をした少年と真っ青な肌をした少女が現れた。

紅梅と青梅だ。二人は異形が通ってきた道を一気に駆けてくると、その巨体へ飛びかかった。

「「そりゃあ!!」」

二人は異形の首をめがけ、大きな包丁をズドンと振り下ろした。細長く伸びた餅を鋭い刃物で斬ったときのように首は綺麗に両断され、断末魔の叫びがあがった。

「おお、こりゃけっこうな大物だなあ」

「姑獲鳥《うぶめ》の仲間かしら？」

どうん、と異形が倒れ込んだ。未だぴくぴく動いている異形の姿を、二人は悠長に覗き込んでいた。

「青梅ちゃん？　紅梅くん？　い、今のは……？」

目が見えないすずは何が起こったのかも理解できず、混乱するばかりだ。助かったのだろうか、と状況をハラハラしながら探っていると、

「ああ、おすずちゃん！　よかった……！」

と、すずを庇おうとしていたお銀が、そのままぎゅうっと抱きしめてくる。

「わわっ、お銀さんっ？」

「ごめんね、ごめんね！　私がつい屋敷に招き入れちゃったから……！　本当にごめんね……」

お銀は今にも泣きそうな声だった。すずの細い体をこれでもかときつく抱きしめ、

自分の過《あやま》ちをひたすら謝り倒していた。

「まさか、親子の物の怪だったなんて思わなかったの……」

「物の怪？　今のが物の怪なんですか？」

「そうだよ」

すずの疑問に答えたのは、紅梅だった。

「人間やあやかしの情念から生まれた、有害な化け物だ。ほら、死体を片付けるから、さっさとそこをどきな」

そう言って、紅梅は転がった物の怪の死体を手に持ち、引きずろうとした。

――しかし。

「……まだ意識がある！」

紅梅が警告するのと同時に、ビクン！　と物の怪の翼が動き、薙ぎ払おうとするその翼から、青梅と紅梅はすぐさま離れた。しかし激しい風が直撃し、二人は部屋の襖に叩きつけられてしまった。

叩きつけられた痛みに二人が悶《もだ》えている間に、斬り落とされた物の怪の目が再びすずを睨んだ。

「ひっ」

目が見えずとも、ふっとした空気の動きと嫌な気配で分かる――物の怪は再び、すずを襲おうとしていた。丸々とした胴体が畳をずりずりと這いずって、少しずつ距離を詰めてくる。

すずもお銀も恐怖で足がすくんで動けず、お互いの体を抱きしめ合うことしかできなかった。

「い、や……！」

――誰でもいい。誰でもいいから、助けて……！

震えて動けない体でお銀にしがみつきながら、すずは祈った。

蚊を叩き潰すような勢いで、物の怪の剣のように鋭い翼が、二人に向かって振り下ろされたのと同時に――シャリン！　という熊鈴の音が響いた。

（……大神様の、鈴？）

すずがおずおずと顔を上げたのと同時に、

「悪い、出遅れた」

と、大神の声が聞こえた。

次の瞬間、屋敷の真ん中で、ごうっと強い突風が起こった。二人に近づいていた翼が、胴体が、そして頭部が、瞬く間に後ろへ吹き飛ばされていった。

（六）

「ギャ⁉」

間一髪、両者の間に滑り込んだ大神は、物の怪だけを正確に狙って突風をぶつけた。物の怪の巨体はゴロゴロと後ろへ転がり、壁に激突した。

（赤子の無念が物の怪に成ったか――哀れな）

外見こそ異形と化した物の怪だったが、同時に、大神の目は泣いた赤子の姿もとらえていた。

寒いよ、怖いよ、お腹が空いた――と訴えて泣き叫ぶ赤子の姿を、物の怪の奥に見ていた。

「二人とも、目と耳を塞いで十数えてろ。それまでに終わらせる」

部屋の隅で固まっているすずとお銀に向けて言う。二人が言ったとおりにしたのを確認してから、大神は腰に挿《さ》していた武器を引き抜いた。

それは、鋭く研ぎ澄まされた一本の大ぶりな鉈《なた》だった。

「――すぐ楽にしてやるからな」

脚にグッと力を込め、一気に駆け出す。吹き飛ばされた先で未だに蠢いている物の怪の胴体に、一直線に向かう。

襲い来る大神に抵抗しようと、翼や足を振り回して暴れ狂っている物の怪。

大神はその巨体に似合わぬ身軽さでひらりとかわすと、鉈を力強く振るった。

大きさに見合った質量を持つ鉈は、刀剣というより鈍器に近い——豪腕から繰り出される重い打撃によって、物の怪の胴体は真っ二つに叩き割られた。

さらに大神は勢いに乗って体をひねり、そばでいびつな咆哮をあげていた頭部を一撃で叩き潰した。

「もう目を覚ますなよ。……おやすみ」

誰にも聞こえないよう、物の怪の耳元で囁く。咆哮が途切れ、力尽きた死体は黒く変色し、やがて灰になって崩れ落ちた。

「……大神様？　あの……？」

「おう、すず。物の怪は倒したぞ」

すずが怯えた様子で呼ぶ。物の怪が消えた周囲は、しんと静まり返っていた。

きっと、すずは状況が分からなくて困惑しているだろう——この場合は幸いだったかもしれない。物の怪の末路を知っているお銀は、ぎゅっとすずを抱きしめ、目を伏せていた。

「青梅、紅梅！　無事か？」

鉈を下ろし、大神はうずくまっていた姉弟にも呼びかける。

「おれたちなら平気だよ、これくらい」

「なんてことないからね、あたしたち」

二人はむくりと立ち上がり、手にしていた包丁をしまいながら答えた。

騒ぎが収まり、ほっとしたのもつかの間。

「坊や⁉　坊や‼　どこへいったの？　私の坊やはどこぉ⁉」

赤子が開けた壁の穴から、鳥の翼を生やした女の物の怪が錯乱した様子で飛び込んできた。

先ほど斬った赤子の物の怪の母親だろうか、女は黒い灰と化した我が子を見て、耳をつんざくような悲鳴をあげた。

「いやあああっ！　どうしてっ⁉　坊や、坊や、私の坊やがあっ‼」

動転して泣きわめく女の物の怪。大神はあくまで淡々とした態度で答えた。

「すまねえな。俺も厄払いの役目を負っている以上、物の怪を祓《はら》わなきゃならねえんだ。それに、屋敷のあやかしを守るのも義務なんでな」

女が、我が子を殺した大神を睨みつけてくる。深い怨嗟のこもった視線が、大神の胸を突き刺してくる。

「よくも、私の坊やを……っ！　許さない！　お前たちみんな殺してや――」

女の恨み節をすべて聞き終える前に、大神は女の首を鉈でひと薙ぎした。直後、ごとっ、と畳に女の頭部が落ちた。

「悪いな、本当」

女の胴体が後ろへ傾き、ぱたりと倒れた。そして女の死体もまた、黒い灰になると——砂を飲んだような、ざらざらの沈黙が部屋に戻ってきた。

「……この方たちは」

お銀に抱きしめられたままのすずが、消え入りそうなかすれ声で大神に尋ねた。

「雪山に迷い込んで落命した母親と子供——の成れの果てといったところだ」

それだけ説明すれば十分だろう。大神は鉈を腰の鞘《さや》に納め、力なく言った。

「久々に手強いのが来ちまったな。お館様がいなかったら危なかったぜ」

「倒してくれてありがとうございます、お館様。後片付けはあたしたちがしますね」

青梅と紅梅はそう言いながら灰を跨ぐと、

「おーい、お前ら。物の怪は退治したぞ。もう大丈夫だ」

と、襖の奥へ逃げ込んでいたあやかしに呼びかける。

あやかしたちはまだ少し混乱していたものの、退治されたと聞いて落ち着きを取り戻したようだった。野次馬癖のある者たちは、こぞって斬られた物の怪を覗き込もうとしている。

大神はその光景から、そっと目をそらした。

(……深入りしすぎるな。使命を果たせなくなるだろうが)

あやかしたちにとっては物の怪などただの化け物だ。露骨に同情すれば屋敷の者たちの不信を招いてしまう。淡々と振る舞わなければ。

青梅と紅梅が持ってきた箒《ほうき》と塵取《ちりと》りで手早く灰を片付けていく。ザッ、ザッ、と箒で掃く音がするたびに、すずは胸を引っかかれている気分になった。

「……おすずちゃん？　どうしたの？」

お銀の声を聞いて、大神はどうしたのだろうと視線を移した。と、そこには驚きの光景があった。

「おい、何してるんだよ、すず」

「ちょっと、掃除の邪魔よ」

大神と入れ替わるように、すずが灰に近づいている。すずは何かを手で探るように、畳の上に手を這わせている。その奇妙な行動に首を傾げる青梅と紅梅に構うことなく、ずりずりと這っている。

やがて、すずの手に、塵取りの中に集められた灰が触れた。すずはそれを掴み取ると、まるで至近距離からじっと眺めるように顔を近づけた。

大神たちだけでなく、先ほどまで騒いでいたあやかしたちまでもが、水を打ったように静まり返った。

「まわりゃまわりゃ　いとぐるま♪

かあちゃがよなべで　よりあわす♪

からりん　からりん　からからり♪

かあいいあのこは　ねるころか♪

ここちよしやと　ほほえむか♪

からりん　からりん　からからり♪」

人間の少女が、ついさっきまで暴れていた物の怪の灰の前で手を合わせ、子守唄を唄っている。まるで自分の子を寝かしつける母親のように。

「おい、すず。わけ分かんねえことしてないで下がってろよ」

「早く片しちゃいたいんだけど」

青梅と紅梅が訝しげな表情でぶうぶう文句を垂れるが、すずは彼らの言葉など意にも介さず、唄い続けた。

「すず、その唄は……」

大神が尋ねると、すずはようやく唄うのをやめて、静かに答えた。

「お祈りの代わりです。私はお祈りの正しい作法を心得ていないものですから」

大神は瞠目《どうもく》する。正気か、と目を見張る。

すずの言葉には、ひやりと貫くような冷たさがあった。ヤワで生ぬるい言葉とは違う、真剣のような鋭さがあった。

　彼女は恐怖のどん底に落とされたにもかかわらず、すぐに心を持ち直して、目の前の物の怪と向き合っている。物の怪となってしまった、哀れな親子を悼んでいる。

　驚愕した大神に対して、傍らの姉弟は眉をひそめた。

「変な奴だな、お前」

「物の怪に祈りを捧げるなんて、奇特なもんね」

　悪《あ》しき存在に同情するなんて、ありえない。まして、命の危機にさらされたというのに——襲ってきた相手の冥福を祈るなんて、正気の沙汰とは思えない。

　周囲のあやかしたちも、二人の言葉に無言ながら賛同しているようだった。この場の誰もが、すずに奇異の目を向けていた。

「そんなにおかしなことですか？」

　そんな彼らのほうへ向き直り、すずは毅然《きぜん》と言い返す。

「物の怪は、人やあやかしの情念から生まれるのでしょう。たとえ危険な存在に成ったとしても、元を正せばただの親子です」

　自分は間違っていないと真っ向から反論する。灰になった彼らを憐れむことの何がおかしい、と主張する。

「この子も、お母さんも、山の中をさまよって苦しんで亡くなったはずです。なのに弔《とむら》いもせずに掃いて捨てるなんて、あんまりじゃありませんか」

静まり返った部屋に、再びすずの唄声が響いた。

「……弔い、か」

大神の口から、ぽつりとこぼれる。

ああ、そうか。これは、彼女なりの救済なのだ。この親子の無念を慰めるための、心を安らげるための唄なのだ。そして——礼儀なのだ。

大神は正面から殴られた気分だった。

「すず。その気持ちは生きている物の怪には向けないほうがいい。物の怪は優しい人間やあやかしにつけ込んで、力を増そうとするんだ」

子供に言い聞かせるように大神が言うと、すずは口を尖らせて沈黙で返した。忠言だと理解しているから、あえて言い返すようなことはしない。けれど、自分がしていることだって決して間違いではないはずだ——そう固く信じている顔だった。

「……でも、見ず知らずの相手に慈悲を向けるその気持ちは、尊いものだと俺は思う」

非難されると思っていたらしいすずは、大神の続きの言葉に少し呆気にとられたようだったが、すぐに安堵の表情を見せた。

「青梅、紅梅。ここは俺が片付けておく。しばらくそっとしておいてくれるか」

「⁉　お館様⁉」

「そんな、後片付けなんてあたしたちが……」

「いい。早いとこ飯食って、持ち場に戻れ」

二人は釈然としない様子ながらも、しぶしぶと引き下がった。それと入れ替わるように、お銀が彼らの脇をすり抜けた。

「私もお手伝いしますわ。夕食の支度は終えておりますので」

「ああ、頼む」

お銀は唄っているすずの傍にしゃがみこむと、灰の前で静かに手を合わせた。

大神はふっと襖の外に目をやった。気づけば空はすでに昏《くら》くなっている。夜の闇が少しずつ近づく中――すずの清廉《せいれん》な唄声は、よく効く傷薬のように、びしびしと大神の胸にしみこんだ。

＊

物の怪を斬ることは、これまでにも幾度となく経験してきた。心を痛めることにも慣れていたはずだった。けれど……

(寝つけない夜なんて、いつ以来だろう)

夕食を食べているときは、まるで硬い梅の実を丸呑みさせられているような気分だった。時間が経てば治まるかとも思ったが、夜が更けても大神はなかなか寝つけなかった。だから、こうして憂《う》さを晴らすように寝酒にふけっている。

(……もうなくなったか)

逆さまに傾けたとっくりの、最後の一滴まで喉に流しこんだ大神は、新しい酒を求めて階段を降りた。

倉からこっそり酒を持ち出して億劫《おっくう》な足取りで部屋に戻っていると、中庭に面した縁側で、すずがぼんやりと佇んでいる。彼女も寝つけずにいたのだろうか——薄雲の向こうに隠れた月をじっと見上げているように見える。

「へっ、くしゅ!」

痩せた体に木綿の寝間着を身につけただけの姿は、なんとも寒々しく頼りない。そう思っていたら、案の定、くしゃみをした。

「あまり夜風に当たるな。風邪を引くぞ」

それまでけだるそうにしていたすずは、大神の声を聞くなり、飛び上がらんばかりにぴんっと背筋を伸ばした。

「大神様っ? どうしたのですか? こんな夜遅くに」

「お前と同じだよ。寝つけないから夜更かししてたんだ」

すずの近くまで行くと、彼女の体が僅かに震えているのに気づいた。もしかして長い間寝室に戻らず、寒いのを我慢していたのだろうか。

「へっ、くち！」

「またくしゃみが出てる。ほら、こいつを羽織ってな」

大神は自分の羽織を、すずの肩にそっとかけた。今までずっと身につけていたので、多少は温かくなっているはずだ。

すずは羽織に袖を通し、大事そうに着込んだ。すると寒さでこわばっていた表情が、ほろっと和らいだ。

「……大神様の、におい」

「あ、すまん。獣くさかったか？」

「いえ、違いますっ。その、落ち着くにおいだなって……えと、ごめんなさい、何を言っているんでしょうね」

笑って誤魔化す彼女の顔が少し赤くなったように見えたのは、気のせいだろうか。羽織が臙脂《えんじ》色だから、色が反射して赤っぽく見えるだけだろうか。

「ここは寒いから、居間に行こう」

大神は羽織の袖を引いて居間に入り、座布団にすずを座らせた。そのへんをふよふよ漂っていた一体の鬼火に手伝いを頼み、囲炉裏に手早く火を入れたところで、すずはほうっとため息をついた。よほど体が冷えていたらしい。

「鉈切山ではちゃんと温かくしたほうがいい。うっかり風邪でも引いてみろ、薊先生の小言で寝かしつけられる羽目になるぞ」

「うっ、面目ありません……」

すずは他人のことは気にしすぎるくせに、自分のことに関してはとことん無頓着だ。お銀が世話を焼きたがるのも納得である。

火にあたっているうちに、鉤棒《かぎぼう》に吊るしたやかんがしゅんしゅん音を立て始める。沸かした湯を急須《きゅうす》に移し、少し時間を置いて蒸らしたあと、湯のみに中身を注ぐ。ふんわり漂ってくる湯気から、穏やかに花の香りが漂ってくる。

「いいにおい……」

「梅の花で作ったお茶らしい。心を落ち着かせる作用があるって、薊が言ってた」

湯飲みを差し出すと、すずは両手で包むように受け取ってお茶を静かにすすった。

「大神様は飲まないんですか？　お茶」

「俺はいいよ。猫舌だし」

「ねこじた……」

狼なのに猫舌なのか、というツッコミを少し期待したが、すずは反応に迷っていた。真面目な彼女のことだ、大神相手にふざけたことは言えないと思ったのかもしれない。

「わざわざ私の分だけ淹れてくださったんですね。ありがとうございます」

「気にするな。勝手に焼いた世話だ」

冗句はそっと流すことにしたらしい。いささか恥ずかしくなってきた大神は、とっくりの栓をきゅぽんと抜いて中身を豪快にあおった。

「そんなにお酒をがぶがぶ飲んだら、体によくないですよ」

「いいんだよ。神様は酒で体を壊したりしない」

それに、北国島の酒は照日ノ国でも随一の美味さを誇る。大神は毎年供物に捧げられる品々の中でも、特に酒を楽しみにしているから、これくらいは許してほしい。

「人間が丹精込めて作り出したモノは、神にとっても最高級品なのさ。酒にしても、織物にしても、唄や神楽にしてもな」

神とは、それを信じて敬う者の心があってこそ、初めて存在しうるものだ。信仰を得られなくなった神は、力を失い、消えてしまう。

神にとっての人間とは、慈《いつく》しむべき『民』であると同時に、守るべき『支柱』でもあるのだ。

「……ありがとうな。あの物の怪を弔ってくれて」

梅の実大のしこりを吐き出すような気持ちで、大神は言った。

「そんな、私は大したことはしていません。それに、あれは正式なお祈りではありませんし」

「だとしても、あの親子の魂は救われたと思う」

あの親子は無念の死を遂げたあとも、ずっと死んだことに気づけないまま鉈切山をさまよっていたのだろう。人やあやかしを襲い、苦しみの淵《ふち》で喘《あえ》いでいたのだ。

「お前の言うとおりだ。自分たちの冥福を祈ってくれる人がいないどころか、ゴミのように片付けられるなんて、そんなの哀しすぎるもんな」

大神は災厄を祓う守り神だ。守るための剣を鈍らせないためにも、必要以上に感傷に浸ることは避けなければならなかった。

けれど、そうしているうちに、大神は肝心なことからも目を背けてしまっていた。

「全く、自分が情けないったらない。すずがああしてなければ、後片付けもすべて人任せにして、さっさと立ち去ってたところだった」

すずは真正面から向き合っていた。つらいことから目を背けず、親子のために行動していた。あの受け答えを聞いたとき、大神は彼女の奥から、まっすぐ射貫くような強い光を見たのだ。

「大神様だって、あの人たちを救うために剣を振るったのではありませんか。『おやすみ』と声をかけていたのを、私は聞いていましたよ」

「……耳がいいこった」

大神はそれ以上返す言葉が見つからなくて、ぐっと酒をあおった。同時に、すずもお茶をすすった。

「お銀のこと、責めないでやってくれな」

「もちろんです。……お子さんを亡くしていたんですよね、お銀さん」

「知ってたのか」

「ご本人から聞きました」

弔いのあと、お銀は疲れた様子ながらも、すずと大神に改めて謝罪してきた。自分の行動で危険な状況を招いてしまったことに責任を感じていたのだろう。

しかし、それも無理からぬ話だ――元々は、彼女も鉈切山をさまよっていたところを保護された身だったのだから。

「お銀は、嫁ぎ先の家で酷い扱いを受けていたんだ。やっと生んだ子供もすぐに亡くして、気づいたら山に迷い込んでいたらしい」

青梅と紅梅に連れられてきた当時の彼女は、すでに身も心もボロボロだった。事情を聞いた大神は、屋敷に彼女を匿《かくま》い、女中として雇うことにしたのだった。

「お銀さん、大丈夫でしょうか。夕食もほとんど食べられなかったみたいですし。今回のことは、よほどつらかったんじゃ……」

「だろうな。でも、あいつは打たれ強い。しばらくは凹《へこ》んでいるかもしれないが、必ず持ち直すはずだ」

悪縁を断ち切って前を向き始めた彼女は、実によく働いた。子供の面倒は進んで見るし、若いあやかしにも積極的に手を差し伸べ、今では頼れる女中頭として周囲からも一目置かれている。

そんなお銀の働きぶりを見てきた大神は、彼女の底力を知っていた。

「大丈夫だ。三日もすれば、また明るく笑ってるだろうよ」

「……お強いんですね。私も見習わないと」

すずはふんすと鼻息を鳴らした。まだまだこれから、などと言って活を入れるように頬をぺしぺし叩いている。

「気合い十分なのは結構だが、あまり飛ばしすぎるなよ。ゆっくり少しずつ慣れればいいんだ」

「はい、日々こつこつ精進します」

「それでよろしい」

お銀のときもそうだったが、すずが自分の限界を超えて頑張りすぎないかが心配だった。ましてすずは真面目すぎるきらいがある。彼女がまた病床に逆戻りしないよう、女中たちと見守っていく必要がありそうだ、と大神は思いを巡らせていた。

「これからもよろしく頼むぜ」

「はい、もちろんです」

心の底から嬉しそうに笑うすずを見て、大神は密かに心に誓った。

優しく力強いこの少女を物の怪の餌食《えじき》になどさせない。必ずや、彼女を呪いから解放してみせる——と。

## 二章　梅の市へ

### （一）

濃紺の空が徐々に東雲色に明るんでいく早朝——吹雪くことも多い鉈切山周辺は本日、珍しく快晴だった。

「お館様〜！　帰ってきたぞ〜！」

「村の偵察《ていさつ》してきたわよ〜」

大神屋敷の最上階で、窓から大神に声をかける者がいた。そんな奇妙なところから声をかけられるのは、屋敷のあやかしの中でもかなり限られている。

「おう、青梅と紅梅か。お疲れさん」

窓枠には、なまはげの子たちが立っていた。

まとっていた蓑《みの》についた雪を払い落としている二人に、大神は尋ねた。

「ふもとの天候はどうなっていた？」

「他の村はかなり雪が溶けてたわ。でも、すずのいた村の周りだけは駄目。全然雪がおさまってなかった」

「四月じゃあり得ないくらいのドカ雪だった。あんな大雪、雪崩が起きたら大惨事だぞ」

二人の報告を聞いた大神は「おかしいなあ」と眉間に皺《しわ》を寄せ、首をぐりぐりひねる。

「他の村の雪が溶けてるなら、俺の神力は現世にちゃんと届いてるってことだよな。すずのいた村だけが、なんらかの理由で阻害されてるってことか？」

大神を含む四島守護神は、神力を消耗して天候を操作できる権限を持っている。その権限を行使するのは、民の命が危険だと判断したときだ。不作と飢餓を招きかねない今回の大雪を、大神は神力で止めたはずだった。なのに、結果はこれである。

（大雪を降らせる物の怪もいるにはいるが……俺の神力を上回るほどの猛威を振るっているのが解せねえ。あの村に何かが潜んでいるのか？）

大神が考えていると、なまはげの子たちが「それと、これ」と言いながら、彼にあるものを差し出した。

「すずのにおいがしたから、回収してきた」

「村はずれの畜舎の中から見つけてきたの」

彼らの手にあったのは、風呂敷の包みだった。大神はそれを受け取り、結び目を解いてみる。

「こいつは酷いな」

大神は顔をしかめた。風呂敷の中から出てきたのは、無惨に壊れた三味線だった。よほど強い力が加わったのか、三味線は中棹《なかざお》から下棹《しもざお》にかけて、粉々になっている。

――そういえば、ここに来る前のすずは瞽女となるべく修行をしていた。ならば、彼女のにおいがするこの三味線は、大事な仕事道具だったのではないか。なぜ、それがこんなにも酷い壊れ方をしているのか。

大神は悩ましげに唸り、腕組みをする。

「この棹の壊れ方……わざとやったのかしら？」

「うっかり踏んじまったんじゃねえの？　すずは目が見えてないし」

「うっかり踏んだくらいで、こんな壊れ方はしないでしょ」

「だよなあ。やっぱりわざとか」

青梅と紅梅も、大神と同じ疑問を抱いたらしい。

二人は自分たちが見てきた状況を、大神へつぶさに報告した。

「すずのやつ、相当酷い目にあってたみたいだぜ。三味線の他にも、ぼろぼろの服とか、使い古しの針箱があったんだ。多分、畜舎の中で生活させられてたんじゃないか」

「服の中に藁を詰めて寒さを凌《しの》いでたみたいなの。建物自体もほとんど壊れかけで、風がびゅうびゅう入ってきて、信じられないくらい寒かった」

あんな場所で生活していては、いつ凍え死んでいてもおかしくなかった。なんて残酷な仕打ちだ、と二人は怒っている。

大神は彼らの報告を苦々しい表情で受け止めると、

「分かった。偵察ご苦労だったな。これは俺が預かる」

と、粉々に折れた三味線に触れた。

その瞬間——大神の頭の中に、凄惨な光景が流れてくる。

——あばら屋の中で、痣だらけになって横たわっている少女。

——虫の死骸が入れられた食事の器。

——すり切れてボロボロになった着物。

——踏みつけられた三味線。

——無抵抗の少女の脇腹を蹴りつけながら、女が言う。

——「物の怪に呪われたあんたが生きていたって無駄」

——「大神様はあんたを早く生贄として寄越せと言っているのよ」

——「誰もあんたのことなんかいらない。さっさと死ねばいいのに」

大神の表情は殺気立つ。目は血走り、鋭い牙はむき出しになり、こめかみには青筋が立ち——その形相は、憤怒に駆られた猛獣そのものだった。

「お、お館様……？」

大神の表情をまともに見た青梅と紅梅は、思わず縮こまった。お互いにしがみつかずにはいられないほどの凄《すさ》まじい殺気が、大神から漏れ出ている。

「この女が、すずを……」

大神のとてつもなく低い声が、空間を小刻みに揺らした。ああ、この場にすずがいなくてよかった——と、姉弟が同時に思ったのは言うまでもない。

＊

大神屋敷の女中たちは、今日も仕事だと朝の身支度に勤しんでいる。その中に混ざるすずもまた、自身の身支度に奮闘していた。

巫女装束の着付けはもう慣れたものだ。すずは迷いなく緋袴の紐を結び、手早く身につけていく。問題は、その次だ。

お銀からもらった手鏡を正面に置き、顔全体に白粉をはたいたあと、烏梅の口紅を筆に取る。すずは、紅を引く作業がやや苦手だった。指で唇の線を確かめながらやってはいるものの、筆を持つ手がぷるぷる震えているせいで、輪郭《りんかく》ががたがたになってしまう。一目見ただけでも化粧の不慣れさがうかがえた。

「だいじょうぶ、だいじょうぶ」「ぼかしちゃえ、ぼかしちゃえ」「おゆびでぽんぽん」

傍らで見守る鬼火たちが、化粧に苦戦しているすずを励ます。

すずは助言されたとおり、がたがたになった紅の輪郭を指で叩いてぼかし、なんとか整えた。

「これでいいかな？　鬼火さん、変なとこない？」

立ち上がったすずの周りに鬼火たちが集まり、彼女の身だしなみを確認していく。

「まえ、よーし」「うしろ、よーし」「かみのけ、よーし」「おめかし、よーし」「いじょうなーし！」

鬼火たちからのお墨付きをもらったところで、すずはふんす！　と気合いの鼻息を鳴らした。

「ようし、今日もしっかと働くぞ！」

「おつとめ、おつとめ！」「えいえい、おー！」

鬼火たちに誘導してもらいつつ、すずは今日も大神の部屋の前に立った。襖の奥からいつもの獣のにおいを感じて、すずの胸はどくどくと高鳴り始めた。

（ううう、緊張する……！　いや、変なふうに考えるっけ余計緊張するんだ。大神様の毛づくろいも、もういっぺことしてきたねっか。特別なことなんかなんもねえ！田舎言葉だけ注意すればいいんだ！）

すずは自分を鼓舞し、二、三度深く呼吸をしてから、部屋の襖を開けた。

「おはようございます、大神様。朝の毛づくろいをしにまいりました」

「おう、入っていいぞ」

うるさくならない程度に中に向かって呼びかけると、奥のほうからすかさず大神の返事が返ってくる。襖を開けると、尻尾がふさふさと揺れている音がした。

「おはようさん、すず」

獣人姿の大神から発されるのは、周囲にビリビリと響き渡るような、はつらつとした低い声。すずはその声を聞いた瞬間に、どくん、とひときわ大きく自分の心臓が跳ねるのを感じた。まるで心臓が何かにぎゅっ、と抱きしめられたようで、胸が弾けてしまいそうだ。

（うわあああ……やっぱり大神様の声、聞けば聞くほど素敵だあ……）

大神に拾われて、はや二週間――すずの心には、なんとも初々《ういうい》しい恋の春風が訪れていた。

人は恋をすると、その人のことが常に頭から離れなくなると言うが、本当にそのとおりだ。

大神に声をかけられるたびに胸がきゅんとときめき、大神のことを考えるだけでふわふわの真綿みたいな気持ちになり、大神のにおいを感じただけでため息が出てしまう。好物を食べていれば「大神様の好きなものはなんだろう」と考え、綺麗な唄声を出せるときは「大神様にも聞いてもらいたいな」という想いが頭をよぎってしまう。

これはすでに重症と言わざるを得まい。

「廊下は寒かっただろう。朝早くから来てもらって悪いな」

「いいえ！　なんてことありませんよ」

朝はすずにとって、大神とゆっくり語らうことのできる時間だ。それを思えば、鉈切山の凍てつくような寒風などなんのこれしき。体の内側から真っ赤な恋の風が吹き荒れていて、寒さなどたちまち消えてしまう。すずが抱いているのは、そういった猛烈な恋心なのだ。

「そうか。すずは若いから、寒さにも強いんだな」

「薊先生の薬湯のおかげです。それに、ここのあやかしさんたちも、温かい方ばかりですし」

「嬉しいこと言ってくれるねえ。屋敷の主として誇らしい限りだ」

大神はからから笑って、すずを部屋に招き入れた。のしっ、のしっ、という特徴的な重みのある足音は、獣の神に似つかわしい厳かな風格が感じられた。

「起き抜けに鏡を見たらびっくりした。もう毛があちこち爆発してたんだ」

「そんなに酷いんですか？」

「そりゃあもう」

盲目のすずには分からなかったが、今朝の大神の毛並みは乱れに乱れていた。大爆発した毛皮の上から寝間着を着ているものだから、いつにも増して着膨れ具合が凄まじい。まるで湖の底から採れる、巨大なマリモのようだ。

「胸元の毛なんて特にすごいぞ。触るか？」

大神がほら、とすずに向かって胸を突き出してくる。しかし、すずは手と頭をぶんぶん振りながら遠慮した。

「い、いいいえっ！　そんなこと、おら……じゃなくて、私にはとても……」

「そうか？　この前はぎゅーってしただろうに」

「！　そ、それは大神様からしたことですっ！」

あの小さくて愛らしい子狼の姿なら、可愛い動物だと思って触ることができるが、筋骨隆々のたくましい獣人姿となればそうはいかない。すずの感覚としては、殿方の胸筋を撫でにいくようなものなので、そんなはしたない行為など、尊い大神相手にできるわけがなかった。

「そんなもんかね。じゃ、いつもの頼むぜ。昨日は結構力を使っちまってな。毛がぼさぼさなんだ」

言って、大神は小さな子狼に姿を変えた。きゃんきゃんと吠える大神の声を頼りに、すずは小さくなった大神を抱き上げ、正座した膝の上に乗せる。

「うわあ、本当にぼさぼさですね。尻尾が箒みたい……」

すずは櫛を使って、大神の毛並みを整えていく。埋もれた毛玉を取り除きつつ、引っ張らないように慎重に。

毛づくろいの間、大神はぴすぴすと鼻を鳴らしてご満悦だった。櫛で梳いていく感覚が丁度いい刺激になっているようで、気持ちよさそうに目を細めている。

「よし、背中と尻尾はこんなものですかね。次はお腹側ですよ」

すずがそう言うと、大神はごろんと転がってお腹を無防備に見せた。顎から胸へ撫でるように触れていくと、確かに彼の言ったとおり、胸元の毛並みが大爆発しているのが分かった。ここは特に念入りに、とすずは毛並みの表面から少しずつ櫛を通していく。時折絡まった毛が櫛の歯に引っかかるが、無理に引っ張らないよう、優しく丁寧にほどいていく。

手間と時間をかけてじっくり整えていくと、大神の全身の毛並みはうっとりするほどなめらかな手触りに戻った。

「うーん……柔らかくって手が離せない……」

前日に薊が鋏《はさみ》で整えていたこともあり、今や彼は極上の撫で心地となっている。もふもふの毛に指が沈み込んで、すずはあまりの感触のよさにとろけてしまいそうだった。

「きゅう～」

すずに撫でられている大神も、腹を見せたままだらんと脱力している。耳は後ろにぺたんと伏せていて、のびのびとくつろいでいた。

大神相手にするわけにはいかないが、もし許されるのなら、このふかふかな胸元に顔を埋《うず》めてしまいたい。そのまま頬擦りまでできたら、どんなに幸せだろうか。

しかし時間がすぎるのはあっという間で、すずもそろそろ次の仕事の時間となってしまった。名残惜しい気持ちを抱えつつ、大神はすずの膝の上からころんと転がって人間の姿に戻った。

「んん～っ！　回復ぅ～！」

気持ちよさそうに伸びをしながら、大神は首や肩をぽきぽき鳴らして体を起こした。

「いやあ、極楽だったぁ。ありがとうな、すず。これで今日も頑張れそうだ」

「お役に立てて何よりです」

村では役立たずと罵られ、お荷物以下の扱いを受けてきた自分が、今や神様の毛づくろい役としてお務めしているなんて、不思議な縁もあったものだ。しかも、その神様からお礼を言われて、おまけに整えた毛並みは毛づくろい役の特権でもふもふし放題……あまりに幸せすぎる。

「ああ、そうだ。これ、すずにあげようと思ってたんだ。この前、機織《はたお》りの神にもらったんだけどさ」

大神は部屋の奥に一旦引っ込むと一着の着物を持ってきて、すずに差し出した。

「普段着用の着物はまだ少ないだろ？　これはすずが着るといい。木綿だから暖かいぞ」

触れてみて、すずはすぐにぴょっ！　と手を引っ込める。村で着ていたものとは遥かに質が違う触り心地で、驚いてしまったのだ。

「いいいいいいえ、私みたいな田舎娘がこんな立派なお着物をもらうわけには……！」

「そう言いなさんな。お前が着なきゃ、屋敷で他に着る奴がいないんだよ」

「し、しかし、これはさすがに身分不相応では……」

「誰も引き取り手がいないと、着物が可哀想だろう。変に遠慮しないで、大事に着てくれればいいんだ」

「ううう……では、ありがたく頂戴いたします……」

すずがおどおどしながら着物を受け取ると、大神は「おう！」と満足そうに笑った。しかし、すずとしてはあまりにも恐れ多くて、嬉しそうに笑うふりをすることもできない。

触れただけで分かる——この柔らかな肌触りは、自分が村で着ていたボロ布の継ぎ合わせとは全く違う、上物だ。こんな高級品を、貧乏人の自分が普段着として身につけるなんて、許されるのか。

「ほ、本当に、私なんかがもらっていいんですかねえ……？」

「いいんだよ。俺がすずにあげたくて渡してるんだから。これも報酬だと思って受け取ってくれ」

「でも、毛づくろいの報酬なら、もうたくさんもらってますし……」

そう、すずが大神から報酬をもらうのは、これが一回目ではない――どういうわけか、すずはここ数日、大神から何かを押し付けられている。昨日は縁起物の根付、一昨日は砂糖菓子、その前は普段着用の帯で、さらにその前は魔除けのお守り。もらいすぎというほどもらいまくっているので、そろそろ本気で断らなければと思っていたところである。

「もしかして、俺が贈ったものはあんまり気に入ってなかったか？」

大神がきゅーんと切なげな声を出す。今は人型なので隠れているが、獣人姿で尻尾があれば、間違いなく垂れていたことだろう。すずはしょんぼりと落ち込む子犬のような大神の姿を想像してしまって、「うっ」と言葉に詰まった。

「い、いいえ、違うんです！　全然！　すごくありがたいって思ってます！」

「そうか？　それなら問題ないよな！」

「うう、はい……」

分かっている。ここでは施しを遠慮し続けるほうがむしろ失礼になると、さすがのすずも気づいていた。しかし、卑しい身分の自分などが、神様という尊い存在から、こんなにも手厚い施しを受けていいものか——そんな罪悪感も同時に覚えてしまうのだ。

それに、こんなにも贈り物をされてしまうと、変に大神のことを意識してしまいそうになる。

「では、私はこれで失礼します」

すずは丁寧に頭を下げて、そそくさと部屋を出た。

廊下を駆けるように進みながら、すずは頭の中でぐるぐると考えていた。恋の風はびゅんびゅんと猛威を奮っていて、もはや台風のようだった。肩に掴まる鬼火たちは、そんなすずの心境を知ってか知らずか、

「おやかたさま、すずちゃんのこと、すきすき？」「きっとすきすき！」「おかお、にこにこしてた」「さいきん、おせおせだねえ」「きゃ～っ！」

などと無邪気にはしゃいでいる。恋の台風はさらに勢いを増し、すずの中でごうごうと暴れた。

（いや！　いやいやいや、ありえねえ！　大神様から贈り物をされてるからって調子

に乗るな、この芋娘!!　あんげ尊いお方が、こんげ小娘なんぞ相手にするかあ!!　舞い上がるな、絶対に舞い上がるな、すず！　日頃のお礼だ、それ以外に特別な意味なんてあるわけがねえ！　ねえったらねえんだあ〜っ!!）

本来なら想いを寄せるだけでもおこがましいのに、大神もそうであれば……と期待してしまうなんて、身の程知らずにもほどがある。

早いこと切り替えなければ、いよいよ台風が竜巻に化けてしまいそうだ。すずは脇を締めて腕を大きく振り、競歩のごとき素早い歩みで大神の部屋から遠ざかった。

（二）

「お館様、朝ご飯のお時間ですよ。どうです、おすずちゃんの働きぶり、は……？」

お銀が訪ねてきたとき、大神は葪と一緒になって唸っていた。彼の視線の先にあるのは、奥部屋にうず高く積み上げられた葛籠の山だ。

「ああ、お銀。わざわざ呼びに来てくれたのか」

帯やかんざしなどを手にした大神が、葛籠の山を見て茫然としているお銀を振り返った。

葛籠の中身は、着物や草履、装飾品や櫛など、明らかに女性を意識した品々だ。

「お前や女中たちの助言を元に、色々と用意してみたはいいものの……すずが何で喜ぶのか、俺にはさっぱり分からねえんだ。何を渡しても、嬉しそうな顔をしなくてさ」

大神は今、すずに渡す次の報酬で悩んでいる真っ最中だった。

彼女には屋敷の使用人として働いてもらっているから、必要最低限の衣類や日用品は支給してある。しかしそれだけでは味気ないだろうと、大神は個人的に贈り物を用意していた。

ところが、それらを受け取ったすずが笑ってくれたことは、これまで一度もない。むしろ困ったような顔で必ず断ろうとするので、大神もどうすれば快く受け取ってもらえるかと頭を抱えていたのだった。

贈り物とにらめっこをしながら唸っている大神に、薊が言った。

「単純に、お館様からの贈り物の趣味が合わないのでは？」

「俺の趣味が悪いってことか、それは」

「有り体に言えば、そういうことになるかと」

大神は薊の歯に衣着せぬ物言いに眉尻を下げつつ、すがるようにお銀のほうへ振り返った。

「なあ、お銀。俺の趣味って悪いか？」

「うーん、悪いとは言いませんが……おすずちゃんが使うには、少し子供っぽいかもしれませんねえ。あと五年くらい幼ければちょうどよかったかも？」

「要するに悪いってことだよな、それ！」

お銀のほうがやや柔らかい表現ではあるものの、容赦のなさは薊といい勝負だ。上から降ってきた漬物石を受け止めたときのように胸が痛い。

「いや、それでいい。酷評だろうとなんだろうと正直に意見してくれるから、俺はお前たちを信用しているんだ……」

「真摯に受け止めていただけて何よりです」

とはいえ、酷評を聞けば、さっぱりした性格の大神でも落ち込むというものだ。彼はポッキリ折られた花首のようにうなだれた。

「お館様はおすずちゃんを子供扱いしすぎなんですよ。人間の十六歳は、子供から大人に変わろうとしている時期ですもの。少しは大人の女性として接するべきですわ」

これから気をつければいいのですよ、とお銀は言ったが、大神はいまいち腑に落ちなかった。

「ウ～……大人の女性って、難しくないか？　俺からすると、すずなんて本当に子供みたいなもんなんだよ。まだ十六だし、体も小さいし、顔も幼げだし……」

「それはそうですわよ、半分は子供ですもの。けれど、心まで子供と同じように扱われては、お年頃の女の子としては傷つくものですよ」

分からない、でもない。あの年頃の少女を子供扱いするのは危険だ、ということは経験上知っていた。大神はかつて可愛がっていた少女に、「いつまで子供扱いするのだ」と泣かれてしまったことがあるのだ。

正直、泣いてしまった彼女の心境までは理解できなかったが、自分の言動で相手を泣くほど傷つけてしまったことだけは間違いないと、大神は猛省したものだ。

「まあ、人間の成長はあっという間ですから。気づけばあの子も大人になっているでしょうし、お館様も自然と大人として接するようになっていますよ」

お銀はしょげ返っている大神に向かって、明るく笑いかけた。

「それにしても、お館様。ずいぶんとすず殿に心をお寄せなのですね？」

薊は袖で口元を隠しているが、目は完全に笑っている。隣のお銀もニコニコというか、ニヤニヤしながらそれに頷いていた。

「特別気にかけているのは確かだ。けど、お前たちが期待しているような気持ちとは違うと思うぞ」

あからさまな二人の様子に、大神は呆れてしまった。

確かに大神はすずをたいそう気に入っているし、大事にしたいと思っている。だが大神にとってのすずは、あくまで子供なのだ。

「心配なんだよ。あの子、子供なのに遠慮してばかりでさ。本当は何をどうしたいとか考えているはずなのに、表には絶対に出さないで我慢しようとするだろう？」

「……確かに。すず殿を見ていると、実に無欲というか、いささか謙虚すぎる気がしますな。――ああ、だからわざわざ『報酬』と銘打《めいう》って贈り物をしていたのですか？」

「そういうことだ」

大神の意図を瞬時に理解した薊は微笑みを消し、大神と同じ神妙な面持ちになった。

「こうでもしないと、すずは萎縮して何も受け取ってくれないんだ。多分、あの子は今まで、抑圧されながら生きてきたんだと思う」

贈り物だと言って差し出しても、すずは絶対に受け取ろうとしない。だから大神は『仕事に対する対価』という形にしたのだ。そこまでしてようやく贈り物を受け取ってくれるようになった。

しかし、これではまだ足りない。

「ここでは自分がしたいことを気兼ねなくして、楽しい、嬉しいって感じてほしい。腹の底から笑ってほしいって思うんだ」

けれど、これがなかなか思うようにいかない。こうすれば喜ぶだろうか、ああすれば楽しいだろうか、と色々手を打ってはみるものの、すずは遠慮してばかりだ。子供たちや他のあやかしに権利を譲ってばかりで、自分の欲求は必ず笑顔の奥に押し込めようとする。

すずを本当の意味で喜ばせるには、何をどうすればいいのか――大神は皆目分からなかった。

「だったら、いっそ街遊びなどに誘ってみてはいかがでしょう？」

困り果てていた大神に、お銀はぽんと手を合わせながら、にこやかに提案する。

「街遊び？」

「ええ。雪解けが進んだあやかしの里のほうなら、そろそろ梅の市が始まる頃ですわ」

梅の市とは、鉈切山の裏手側にあるあやかしの里で開かれる催し物で、北国島の隠世の観光名物だ。冬の間、雪の壁で閉ざされていたあやかしの里は自由に行き来できるようになり、あやかしたちは春の訪れを祝いながら、数ヶ月ぶりの交流を楽しむ。

店にも珍しい品物が多く並ぶので、とても活気づくのだ。

「屋敷の外で楽しいことをしてくれれば、きっとおすずちゃんも喜んでくれますよ。それに、市場を自由に見て回れば、おすずちゃんの好みも分かるかもしれません」

「なるほど……確かにいいかもしれない！　よし、善は急げだな！」

言うが早いか、瞬く間に明るい笑顔を取り戻した大神は、ぴゅーっとすずの元へ走っていった。

「すず殿のこととなると、一直線ですねえ」

「頑張ってくださいねえ」

薊とお銀は主の背中を、手を振りながら見送った。

＊

「……で、どうしてこうなったんです？」

そして、翌日の昼下がり——薊は目の前の光景に首を傾げていた。なぜか大神の周囲には、十数人のあやかしの子供たちがわらわら集まっている。

「いや、お茶の間にいたすずに『遊びに行こう』って勢いよく声をかけたらな、ちょうど子供たちの相手してたところだったんだよな。そしたら、子供たちが遊びって言葉を聞いてはしゃいじまって……」

「勢い余って、声をかける時機を完全に見誤った、と」

当初、大神が連れていく予定だったのは、すず一人だけだった。しかし久しぶりに遊びに行けると喜んでいる子供たちに、「ついてくるな」と言うのもさすがに可哀想である。それで予定外だが、大神は子供たちも一緒に連れていくことにしたのだった。

「頼むよ。あとで何か奢《おご》るから、今日だけ子供たちの面倒を見てくれないか」

「子供たちのためならば、致し方ありませんね」

大雪が降っている間、あやかしたちはほとんど屋敷の中にこもって過ごしていた。遊び盛りの子供たちにとっては外で遊ぶこともできず、さぞ苦痛だったはずだ。息抜きにはいい機会だろう。

「しかし、お館様。その格好は一体？」

普段とはずいぶん違いますね、と薊は大神の装いを見ながら言った。

「変装だよ。顔をさらして街を歩くわけにはいかないからな。いつもと違う雰囲気にはなったが、これはこれで粋だろう」

大神は今、大きな編み笠を目深に被り、襟巻《えりまき》で口元を隠している。いつもより暗い色合いの着物も、雑に着こなすことなく、きっちりと胸元が合わさっていた。

「いつもその格好でいてくれれば、見ているこっちも寒くならないのですがね」

「そういうお前はその格好でいいのか。寒そうだぞ？」

大神はそう言いながら、薊の坊主頭をつるつる撫でた。二人のやりとりを見て、げらげら笑い出す子供たち。薊は仏頂面で大神の手から逃れながら、「これはいいのです」とさっさと毛糸の帽子を被った。

「すず殿はどうされたのです？」

「出かける準備中。今頃、女中たちが張り切っているんじゃないか」

大神が誘ったとき、すずは外に着ていく着物がないからと一度断った。それに自分のような盲目が外に出ては、同行する大神や街のあやかしたちに迷惑をかけてしまうと。

しかし子供たちが「すずも一緒がいい」と駄々をこね、その場にいた女中の一人も「着物なら私が貸してあげる！」と背中を押してくれた。

さらにそのあと、他の女中たちやお銀にも話が波及し、最終的には『すずを可愛くしよう大作戦』が女中総出で繰り広げられることになったのだ。

次々に華麗な援護射撃をしてくれた子供たちと女中に、大神が感謝したのは言うまでもない。

「はあい、お待ちどおさま！」

大神が首を長くして待っていると、奥の部屋からお銀の声が聞こえた。すると、子供たちから一斉にわあっと歓声が上がった。

「すずちゃん、きれい～！」

「お化粧してる！」

「可愛い～！」

女中たちに連れられてやってきたのは、華やかな着物をまとったすずだった。

芥子《からし》色の落ち着いた風合いの紬《つむぎ》に、帯揚げは鮮やかな青緑。その上から質素な梅柄の羽織と、温かそうな襟巻を身につけている。

「どうです？　雑誌を参考にみんなで考えてみましたのよ」

「東国島のハイカラな女の子って、こんな雰囲気でしたよねえ」

女中たちがほほほと自慢げに笑っている中、すずは絶賛する子供たちを前に照れくさそうに頬を染めている。薄い朱色の紅を引いた唇は、ゆるやかに弧を描いていた。

「どうでしょう？　大神様とお出かけするのに、ふさわしい姿になれたでしょうか……？」

あまりの変貌ぶりに目を丸くして固まっていた大神は、すずに声をかけられてハッと我に返った。

「ふさわしいも何も！　似合ってるよ、似合いすぎてびっくりした」

化粧や着物次第でこんなにも見違えるなんて、衝撃的としか言いようがない。

いつもの巫女装束を着たすずには、周囲の大人もにっこり微笑んでしまうようなあどけなさがあったが、今のすずはなんだか垢抜けていて、淑女に近づきつつある少女といった感じだ。

大変身したすずにすっかり舞い上がっている大神に、

「ふふ、どうやら大満足のようですわね」

と、お銀がにっこり笑いかけた。

「では、準備が整ったところで出発といきましょうか。お館様」

「おう。任せとけ！　みんな俺から離れるなよ」

大神がパンパン！　と手を鳴らしたかと思うと、まばゆい光が彼らを包んだ。

＊

光が消えたのと同時に、すずの鼓膜に突然、がやがやとした喧噪が押し寄せてきた。いきなり賑やかになる周囲の状況に、すずは「えっ？　えっ？」と混乱した。

「すげ～！　もう街じゃん！」

「お館様がいれば、あっという間だね～」

数秒前まで鉈切山の屋敷にいたはずの一行は、いつの間にか、店が軒先を連ねるあやかしの里に立っていた。雪もほとんど溶けかけている通りは、買い物や物見遊山《ものみゆさん》を楽しむあやかしたちでごった返している。

「お前ら、さっき渡した小遣いの中でやりくりするんだぞ。行きたいところがあったら、必ず薊先生を呼ぶようにな」

大神が呼びかけると、あやかしの子供たちは「はーい！」と声を揃えて返事をする。

「あっちに飴細工がある！　見に行こうぜ！」

「お兄、向こうのおもちゃ屋さんも行こうよ～」

「ああ、こら！　お友達を置いて走ってはいけませんよ」

さっそく目的を見つけて駆け出す子供たちのあとを、薊が慌ただしく追いかける。

目の見えないすずは、状況が把握できないまま、置いてけぼりを食っていた。

「ど、どういうことですか？　今、何が起きたのです？」

あたりをきょろきょろ伺っているすずに、大神は穏やかに声をかけた。

「なに、転移の術を使っただけだよ。鉈切山は下山するのも大変だからな、里に出るときはこうして術を使うほうが安全なんだ」

「へえ！　さすが大神さ――」

「おっと！」

大神の名を呼ぼうとした瞬間、急にすずの口が、がま口財布のようにパクン！　と閉まった。

「んんっ⁉　む～っ！　んむむ～っ‼」

勝手に閉まった口を自分の意思で開くことができず、すずはまたしても混乱に陥った。指でこじ開けようにも上手くいかないし、大神に変な術でもかけられたのだろうか――すずは大神のいるほうに向かって地団駄《じだんだ》を踏んで抗議した。

「悪い悪い、名前を呼ばれるとまずいから、つい。俺は今日、お忍びで来てるから、その呼び名は引っ込めてくれ」

「む〜……」

すずが頷くと大神はパチンと指を鳴らした。すると、固く閉じていたすずの口がまた、がま口のようにぱかっと開いた。

「ぷあっ！　なしておかしな術をかけるんですかあ……普通に手で口を塞いでくれればよかったものを」

「んなことしたら、せっかくの綺麗な口紅が取れちまうだろ」

「……それは、そうかもしれないですけど」

わざわざ変な術をかけたのは、大神なりの気遣いだったらしい。平然と紳士らしいことを言われてしまい、すずは恥ずかしくなって、それ以上の文句を言えなくなってしまった。

「ほら、手。はぐれないように繋いどこう」

「えっ？」

思いもしない大神の台詞に、すずは思わず声を上げてしまった。いつもは袖を掴ませているのに、どうして今日は手を繋ごうと言うのだろう。

戸惑っているすずに、大神が手を差し出した。彼の着物に染みついたにおいが、ふっと鼻をかすめる。すずはここである変化に気づいた。

（大神様、お香のにおいがする……？）

いつもは優しい獣のにおいが漂っているのだが、今日はそれに加え、お香のような
すっきりした香りも加わっている。
変装とはいえ、大神もいつもとは違う格好をしているし、今日のために色々と準備
してくれたのかもしれない。
（……なんか、これじゃ逢い引きみたいじゃないか⁉）
すずはここで余計なことに勘づいてしまった。
男女がいつもと違う装いで身分を隠しながら通りを一緒に歩いているのだ。すずに
はもう、この状況が男女の逢瀬としか思えなくなってしまった。
「あ……すずがやりにくいなら、いつもみたいに袖に掴まってもいいんだぞ。好きな
ほうを選びな」
大神から心配そうに言われて、すずはハッと我に返った。
「いえっ、あの、その、じゃあ、手で、お、お願いします……」
すずがおずおずと手を出すと、指先がちょんと大神の手のひらに触れた。体感した
ことのない固くて骨張った男性の手に、きゃっと縮こまってしまいそうになる。
（い、いや、意識しすぎるな、すず！　大神様はそんげこと考えてない！　おらがは
ぐれないように気を遣ってくださっているだけだ！　変なことばっか考えるな～っ！）
せっかく大神が向けてくれた厚意を無下にするわけにはいかない。ここは平静を装

うのだ。

すずはもう一度、大神の手のひらの上に、ゆっくりと自分の手を置いた。

「じゃあ、行くか」

「は、はいっ!!」

すずは裏返った声で返事をしながら、大神と共に通りを歩き出した。

＊

「おおい、そこの若いお二人さん！　お揃いのお守りがあるよ、見ていかないかい？」

「あらあら、二人で仲良くおでかけ？　じゃあ、お餅も二つおまけしましょうね」

「まあ、なんて可愛い子！　お兄さん、その子にかんざし一本買ってあげてよ！」

通りをしばらく歩いていると、何度か、軒先の客引きからそんな感じの言葉をかけられた。どうやら、周囲のあやかしたちは大神とすずを恋人同士だと勘違いしているようだ。

（どうしよう……！　大神様に対して申し訳なさすぎる……！）

今は大神の顔が隠れているからまだいい。しかし、もし仮に大神の正体がばれてしまったら、周囲のあやかしたちはどう思うだろう。「天下の大神様のお相手が、あんなちんちくりんの小娘か」――と思われてしまったら。

すずは声をかけてくるあやかしたち一人一人に向かって、「この方の恋人は決して自分などではありません」と今からでも釈明《しゃくめい》して回りたいくらいだった。

「みんな商売上手だなあ。俺たちのこと、兄妹だと思ってるのかね？」

いや、それは絶対に違う……と、すずが大神相手に口にすることはないが、確信していた。

声をかけてくるあやかしたちの含み笑いは、明らかに兄妹に対して微笑んでいるのとは違う。なんというか、ニヤニヤしているのを必死に抑えている感じがするのだ。中には緊張しているすずをこっそり応援してくれる者までいた。

しかし、ここまで言われても、大神はあやかしたちの発言の真意に気づかないらしい。いささか鈍感な大神に、すずは少し肩を落とした。

（って、なしてがっかりしてるんだ、馬鹿たれめ!!　箸にも棒にもかからねぇ芋娘が恋の夢なんか見なさんなぁ!!）

すずがしつこく絡んでくる恋心を振りほどこうと躍起になっていると、不意に大神が、

「ん？　なんか、甘いにおいがする」

と何かのにおいを嗅ぎ取った。すずも嗅覚を研ぎ澄ませて空気を吸ってみると、花

のような香りをかすかに感じた。

「梅の花のにおい……ではないですよね。なんでしょう、この香り」

なんとも心惹かれる香りだった。大神のお香に似ているような気もするが、こちらはもっと甘くみずみずしい香りだ。

一体、なんの香りだろう――すずの幼い好奇心がうずく。

「気になるなら行ってみるか？」

「はい、お館様さえよろしければ」

大神が雑踏をかき分けながら、香りの出所に向かって進んでいく。すずは大神の後ろにくっつきながら、彼が作った雑踏の隙間を縫っていく。

しばらく歩いてたどり着いたのは、香油を売る店だった。

「あらまあ、可愛らしいお客さんですこと。しかも人間なんて珍しい」

奥ゆかしい香油の香りが漂ってくるのと同時に、妙齢の女性の声が、二人の元へ近づいてきた。大神は女性の姿を見て、「へえ」と感嘆の声を上げた。

「あんた、毛倡妓《けじょうろう》か。こんなところにいるとは思わなかった」

「若い頃はあちらの花街にいたのですけどね。今はここで油を売っておりますの」

すずは姉のこともあり、女性がまとう甘い香りにいい印象がなかった。しかし、目の前の彼女は一挙一動《いっきょいちどう》のたびに甘い香りがするのに、全く嫌な感じがしない。むしろ彼女の言葉遣いや声、衣擦れの音にまで気品があるように感じる。

　彼女がこの店の主だということは、すずにもすぐに分かった。

「あ、あの、通りを歩いていたら、いいにおいがしたんですけど……どの品物のにおいなのか、知りたくて」

「まあ、そうでしたの。なら、答えを見つけなくてはね」

　すずが勇気を出して話すと、店主は店先の品々からいくつか選んで、すずの前に並べてくれた。

「これはどうかしら。今、東国島の女性たちに人気がある香りよ」

　店主が香油の瓶を開けてくれたので、すずは手であおいで香りを確かめてみる。

「うーん……これは、違います。もっと控えめで、植物らしい香りでした」

　これも悪くはないが、主張がやや強い感じがする。普段の化粧に使う白粉の香りをさらに濃密にしたようなにおいだ。

「なら、これは?」

　店主はすずの言葉に耳を傾けながら、香水や香油などをあれこれ出してくれた。しかし残念なことに、どれも正解とは異なる香りだった。

　何度も試しているうちに、すずは嗅覚が麻痺してきた。当初求めていた香りが分からなくなりそうだった。

「もしかして、この棚は違うのかしら。外にいても分かるような強めの香りは、一通りお出ししたのだけど……」

店主はすずの手を引き、店内を歩き回った。すると移動しているうちに、ふっとあの香りが一瞬、鼻をかすめた。

「！　このあたりです。今、香りがしました」

すずがある棚の前で立ち止まると、店主は「まあ！」と驚いた。

「貴方、とても鼻が利《き》くのね。これは香りを練りこんだ蝋燭《ろうそく》よ」

店主は蝋燭を一つずつ取っては、すずに手渡す。渡された蝋燭の香りを確かめていくと、やっとピンと来るものにあたった。

「この香りです！　見つけました！」

苦労の末にようやく見つけ出せたのが嬉しくて、つい声がうわずってしまった。

「お目が高いのね、お嬢さん。それは売れ残りだからお安くしているけど、とてもいい品なのよ」

「そんな、素敵な香りなのに……」

「今時の女性にはあまり受けがよくなかったのかもしれないわね。けれど、流行りのものが貴方にとって必ずしもいいとは限らないのよ」

店主はおもむろにすずの前にかがむと、いたずらっぽく笑いながら言った。

「この蝋燭はきっと、貴方が迎えに来るまで待っていたのね。近くまで来た貴方を、香りでここまで呼んだのよ」

「私を呼んだ……」

それならこの店や店主との出会いもまた、運命だったのだろう。蝋燭の香りが、すずをこの店主の元に導いてくれたのかもしれない——そう思うと、素敵な縁に思わず笑みがこぼれてしまう。

「よし。店主、そいつを一つ買おう」

「はい、お買い上げありがとうございます」

「え⁉ で、でも、これってとてもいい品なんじゃ……！」

すずは値段を聞こうとしたが、店主も大神も一切金額を口にしなかった。ただの蝋燭よりも高価なのは確かだ。ひょっとしたら目が飛び出るほど高級なのかもしれない。

そんなものを大神に買わせてしまったと思うと、いてもたってもいられなかった。

そんなすずを、大神は「遠慮するな」となだめた。

「こんなときまで我慢しようとしなくていい。心から素敵だと思ったモノには、どんどん手を伸ばしていいんだ。俺がなんのために財布を持ってきたと思ってる」

「うう……でも……」

「この人の仰るとおりですよ、お嬢さん。こういうときは素直に甘えるべきです」

店主が紙に包んだ蝋燭を、すずの手に握らせた。紙越しに漂ってくる香りはやはり魅力的で――しかし、すずの小遣いでは絶対に手に入らなかったものだ。

「……ありがとう、ございます」

すずは小さく礼を言った。

＊

長いこと歩き回ってさすがに足も疲れてきたので、二人は通りの脇の長椅子で休憩することにした。

「ほら、甘酒でも飲みな」

大神がすずの隣に腰をかけ、屋台で買ってきた甘酒を差し出した。すずは「いただきます」とそれを受け取り、ゆっくりと口に含んだ。ふわっと鼻に抜けていくような米の甘みと、舌に伝わる砂糖の甘みが、疲れをほぐしていく。

「いい場所だろ、ここは」

「はい。食べ物は美味しいし、楽しいこともいっぱいだし……何より、あやかしさんたちがみんな気さくで優しくて」

あやかしたちにとって、人間であるすずは異質な存在だ。すずは当初、街のあやかしに嫌がられないかと心配していた。

けれど、いざ外に出てみればなんのことはない。あやかしたちはここでも、当然のようにすずを迎え入れてくれた。心が温かくて、肌寒さも忘れてしまう。

「北国島の自然は、他の島と比べても特に厳しいからな。だから、民はみなで支え合って、冬を乗り越えるんだ。春が来れば喜びを分かち合う。夏が来れば畑作に励んで、秋は実った作物を分け合うんだ。人間もあやかしも、そこんところは変わらないよ」

実のところ、すずは北国島の営みというものを知らなかった。何せ、現世にいた頃は、ずっと爪弾きにされてきたのだ。

盲目であることを馬鹿にされたり、杖を持って歩く姿を笑われたりするばかりで、親しく話してくれる人などいなかった。なので、周囲がどんな生活をしているかもよく分からなかった。

けれど、ここは違う――ここは、異分子のすずも爪弾きにしない。意地悪をする者も、仲間外れにする者もいなかった。その事実が、何より嬉しい。

「おおが……お館様は、北国島のことが大好きなんですね」

「ああ。この土地も、住んでいる民も、全部ひっくるめて好きだ。俺は、この島を守れることを誇りに思う」

大神の声も、心なしかとても柔らかい気がする。きっと、とても優しい眼差しをしているのだろうなと、すずは想像した。

「私、今までは『目が見えないから、なんにもつまらないんだ』って思っていました。みんなと同じものが見られないから、私にはなんにも楽しく感じられないんだって。でも、隠世に来てからは毎日が楽しいんです」

色も光も知らないすずにとっては、他人が見ている光景など想像のしようもない。元いた村の子供たちが何をして楽しんでいるのか、何を見てはしゃいでいるのかも分からなかったから、気持ちが通じないのだと思っていた。

けれど今――この心は確かに弾んでいる。あやかしたちがどんな景色を見ているのかも、何をしているのかも、相変わらず分からないままだというのに。

「同じ景色は見られなくても、心はちゃんと共有できるものですね」

「そう言ってもらえただけで、連れてきた甲斐があったってもんだ」

大神はそう言いながら、すっくと席を立った。

「日が傾いてきたな。そろそろ鐘が鳴る頃だ」

大神に言われて初めて、すずも頬に当たる風が冷たくなってきたことに気づいた。

そこへ折よく、子供たちの面倒を見ていた薊が合流した。

「もう帰る時間ですね」

「だな。お銀たちが夕飯こさえて待ってる」

薊と大神の台詞を聞いて、「ええ〜！」と不満たらたらな声を上げる子供たち。

「やだー！　もっと遊びたい！」

「お昼に戻してよ、お館様あ」

「無茶言うなって。俺の力だって万能じゃねえよ」

まだまだ遊び足りないとごねる子供たちをなだめる大神。

しかし、大人しく帰ろうとしているすずも、内心では残念な気持ちでいっぱいだった。幼い子供ではないので駄々をこねるようなことはしないが、叶うことならもっとあやかしの里を楽しんでいたかった。子供たちが同伴していたとはいえ、忙しい大神と外へ出かけられる機会なんてなかなかないだろうし。

すずがしょんぼりしていると、薊が、

「帰りたくないですか。困りました、今日の夕食はみなさんが大好きな手巻き寿司だというのに。早く帰らないと、好きな具が先に取られてしまうかもしれません」

と、いかにも残念そうな声で言った。魅力的な夕食の話をされた子供たちは、

「手巻き寿司!?　やった、あたしお寿司大好き！」

「早く帰ろう！　鮭が全部取られちゃう前に！」

と、薊の策略にまんまと乗せられた。

「では、お館様、すず殿。我々はひと足先に帰らせていただきます。あまり遅くなり

ませんよう、お気をつけくださいね」

「えっ？」

どういうことですか？　と、すずが聞く前に、薊が懐から文字のようなものを書いたお札を取り出した。そしてお札から眩しい光が出てきたかと思うと、一秒後には薊も子供たちも姿を消していた。

「……あ、あの、お館様。私たちは？」

「決まってるだろ。ここからは大人の時間だ」

取り残されて呆然としているすずの手を引き、大神は歩き出した。向かったのは、花街のある方角だった。

（三）

ひょっとして、この少女は自分が思っている以上に可愛いのではないだろうか――

今まさに真剣勝負に臨んでいるすずを見て、大神は思った。

見た目が可愛いことは今更言うまでもない。手を繋ぐときの仕草は、人慣れしていない子猫が頑張って近づこうとしているのに似ていて、思わず胸がキュンとしてしまった。

さらに、香油の店ですずが見せた、あの嬉しそうな微笑み。愛《いと》おしくてたまらなくて、その光景を目の中に永久保存しておきたいくらいだった。

「菊に盃《さかずき》と――菊の青タン！　また揃ったぞ、すず！」

すずと大神がしていたのは、裏返しに伏せた花札をめくり、同じ月の札を揃えていく遊びだ。

もちろん、すずは札の図柄が見えないので、めくったときは大神が口頭で教えていた。

「いやあ、お嬢さんすごいねえ。見事に負けちまった」

「へへ、ありがとうございます」

勝負に勝ったすずは相手のあやかしに褒められて、照れくさそうに笑っていた。ほんのり頬が上気していて、可愛いったらない。

「私、花札で遊ぶなんて初めてです」

「これは一番簡単なやつだが、他にもいろんな遊び方があるんだ。二人でできるものなら、こいこいとか――」

すずは相手の解説をきらきらした表情で聞いている。初めて触れる未知の世界に、胸を躍らせているようだった。

ふと、襟巻を外したすずのうなじが、大神の視界に留まった。首筋からほんのり漂う肌のにおいを、狼の嗅覚が鋭敏にとらえた。

（改めて見ると、すずって色白だよな。本当に雪ん子みたいだ。……って、待て待て待て、女の子のうなじを見て何を考えてるんだ、俺は）

男にうなじをじろじろ見られては、すずも気色悪いと思うだろう。大神は慌てて視線をそらし、何も見なかったふりをした。

二人が代わりばんこに他の客と花札を楽しんでいると、

「がははははは！　今日のワシは調子がいいようだ！」

と、他の席から野太い男の声が聞こえてきた。

声の主はでっぷりとした体型の狢《むじな》のあやかしだ。まとっている着物や装飾品は見るからに高級そうなものばかりだが、馬鹿でかい笑い声や、周囲からの迷惑そうな視線に気づかないあたり、お世辞にも品があるとは言いがたい。

「おいおい！　お前、イカサマしてるだろう⁉　十回連続も勝ち続けるなんてありえねえ！」

「してねえよぉ、ワシはすこぉしばかり頭がいいだけさ」

先ほどまで対戦していたらしい青年が、狢に向かって声を荒らげて抗議している。

その剣幕たるや、今にも掴みかかりそうな勢いで、周囲は固唾《かたず》を呑んで見守っていた。

「おお、そこの嬢ちゃん。見ない顔だね」

すずに向かって声をかける狢を見て、大神はげっ、と思った。

（あンの狸野郎！　純粋そうだからって、すずに目をつけやがったな！）

しかし、すずは素直で礼儀正しい子だ。無視すればいいところを、「はい？」と律儀に返事してしまった。

「嬢ちゃんもやっていくかい？　そうだね、嬢ちゃんが勝ったら、ワシから酒を一杯奢るとしよう」

「おい、この子にまだ酒ははや――」

「いいですよ」

「って、おおい⁉」

遠慮がちなすずが、臆することなく勝負を受けるというまさかの展開。大神は思わず素っ頓狂な声を上げて驚いた。

「せっかく誘ってくださっているんです。私もいろんな方と勝負してみたいですし」

「いや、しかしだな……」

さすがに対戦相手は考えたほうがいい。あまりたちのいい奴とは思えないし。と、大神は耳打ちしようとしたが、

「お館様も、先ほどは我慢はしなくていいと言ってくださいましたよね？　ですので、今日は思い切って、どんどん手を伸ばしてみようと思うんです」

と、すずはふんす！　と鼻を鳴らして食い気味に言った。どうやら、すっかり場の

空気に酔ってしまっているようだ。

「ただ、私はお酒が飲めませんので、代わりに甘酒を奢ってください。逆に貴方が勝ちましたら、私がこの場にふさわしい唄を披露するとしましょう」

「ほほう、それは粋でいいことだ。なら、三回勝負で二回勝ったほうを勝者としよう」

可憐で果敢な挑戦者の登場に、周囲の客も大興奮している。もはや、一介のあやかしに扮した大神に止められるような状況ではなかった。

まあ、すずが負けてしまっても、唄を披露するだけならいいか……と、大神は諦めて見守りに徹することにした。

「嬢ちゃん、なかなかやるじゃないか。もう少しで負けてしまうところだったよ」

「ありがとうございます」

一回戦目は、僅差で狢の勝ちだった。番狂わせも起こりかねない波乱の展開に、ますます熱を上げる観客たち。

このままいけば、いい勝負が続いて平和に終われそうだ。それまで心配していた大神も、少しだけ落ち着いて戦況を見守れるようになったところで、すずが唐突に、

「あの、一つお尋ねしたいことが」

と、狢に話しかけた。

「この花札は、貴方の持ち物でしょうか？」

「そうだが？」

「これ、月の札ごとに模様がありますよね？」

「なっ⁉」

ここで、狢がぎょっと目をむいた。

それまで熱狂していた周囲の空気が、一瞬で冷たい動揺に包まれる。

「裏面を触ってみてください。ほんの僅かですが、凹凸《おうとつ》があるのが分かりますか？」

「……あ、本当だ！　一月は丸で、二月は二本線がある！」

花札を手にした他の客が、挙動不審な狢に訝しげな視線を送った。

この狢は表面の図柄を覚えていたのではなく、裏面の模様に触れて確かめながら、札を選んでいたのだ。

「この野郎、やっぱりイカサマじゃねえか！」

「誰かこいつをたたき出してやれ！」

血の気の多い一部の客が狢の衿を掴もうとしたが、すずはそれを止めた。

「いえ、その必要はありません。このまま続けましょう。ただ、条件を少し変えさせてください。すみませんが、どなたか、先ほど私たちが使っていた花札を持ってきてくれませんか」

再び不穏な空気が流れるなか、すずは堂々としていた。そして持ってきてもらった花札を受け取って言った。

「先ほどまでは月が合っていれば『よし』としていましたが、今度は二組使って、絵柄まですべて完全一致させるんです。この花札には模様がありませんから、先ほどと同じ手は使えません」

花札は一組で四十八枚。それが二組だから、覚えなければならないのは九十六枚だ。確かに簡単に覚えられる枚数ではない。

「だが、すず。相手は片方の花札の模様を覚えているんだぞ。同じ条件にはならないんじゃないか」

頼むからここで手を引いてくれないか、という意思を言外に込めて、大神はすずに訴えかけた。しかし、やる気を出してしまったすずは、この程度のやんわりした台詞では止まらなかった。

「大丈夫です。私も一周目ですべて把握しましたから」

「え……は⁉　お前、あの短時間で全部の図柄と模様を覚えたのか⁉」

「はい」

自信たっぷりに返すすずに、周囲は声援を送っている。彗星のごとく現れた逸材がイカサマ師に勝負を仕掛けているというこの状況、盛り上がらないわけがない。

狢は「ふむう」と難しい顔で唸った。

「なら、嬢ちゃんが負けた場合、この場で着物を脱いでもらおうか」

「はあああ⁉」

何を言ってんだ、腐れ××《ピー》野郎‼　と、大神は大声でとんでもない罵詈雑言を口走りそうになった。いたいけな少女を裸にして見世物にするなど、この大神が許すものか。

しかし観客はすでに酒が回っているようで、

「おお、スケベ狸が面白いことを言い出したぞ」

などと面白がっている。

「ワシは賭けを楽しみに来てるんだ。ただ勝つだけじゃ納得がいかんからな。勝手に条件を変えて勝負を仕掛けてきたんだ、それくらいの覚悟はしてもらわねばなあ」

狢はきっと、生意気な小娘をひとつ泣かせてやろうとでも考えているに違いない。

さすがのすずも、ここに来て初めて顔をきゅっとしかめたが、

「……分かりました。お受けいたします」

と、大きく頷いて見せた。もう引っ込むわけにはいかないと腹をくったのだろう。

度胸がありすぎるのも困りものである。

「その代わり、貴方が負けたときは、この場にいらっしゃるお客さん全員のお代を支払っていただきますよ」

「あァ、いいだろう。それくらいのでかい賭けじゃなければ意味がない。初手も嬢ちゃんに譲ってやろう」

馬鹿なことをするな、と本気で抗議しようとする大神だが、周りが騒いでいるせいで声がかき消されてしまう。場の空気に反した行動をとっては、却ってこちらが無粋者と言われて店から追い出されかねない。大神はぐっとこらえ、すずを信じて見ているしかなかった。

――結果は、誰の目から見てもすずの圧勝だった。

すずは一度開示された札を一度たりとも間違えることなく、ピタリと当てていった。

「すげえ、あの嬢ちゃん……どんどん当てていくぞ」

「どうなってるんだ、あの子の記憶力！」

光景を見ている側からすれば、彼女が札を選んでめくっているというより、札が自ら名乗りを上げてめくれていくようだった。

最初は余裕の表情で臨んでいた狢も、三戦目を始める頃にはすっかり汗だくになり、最後には見事に完封されて黙りこくってしまった。

顔を真っ赤にした狢が「ちくしょう！」と捨て台詞を吐いて逃げていくのを、「畜生はそっちだ、狸野郎！」と誰かが言い返した。

「すごいな、すず。お前、勝負強いんだな！」

勝負を終えてふうっと息をついたすずに、それまではらはらしていた大神も賛辞を贈る。

「いいえ、私も少しズルをしましたから、あの狸さんより有利に立ち回れていただけですよ」

安堵したように微笑みながらも、すずは首を横に振った。「どういうことだ？」と大神が尋ねると、すずはこっそりと耳打ちしながら教えてくれた。

「最初にお館様と使っていた花札、かなり使い古されていたでしょう？　角が削れていたり、傷がついていたり」

「ああ、確かに――まさか、お前、札の細かい傷まで一枚ずつ正確に覚えてたのか⁉」

「はい。使い込んだ札の傷み方も、模様が刻まれているのと同じですからね。お館様が教えてくれた図柄と結びつけて覚えていました」

すずは言われたことを必ず一回で覚えるほど物覚えがいいが、彼女の本気がここまで神がかっているとは思わなかった。

すずは冷静に自身の勝ちを見越していたからこそ、大胆に挑むことができたのだ。そうでなければ、負けたら丸裸の勝負に挑んだりするわけがない。自分ごときが心配してやるまでもなかったのだと、大神は脱帽した。

「少し卑怯かもしれませんが、向こうもズルをしていたので、お互い様です」

「お前のはズルなんて次元じゃないだろう……」

末恐ろしい娘だ……と、大神は感激とも呆れともつかない呟きをこぼした。

*

大神とすずが遊戯場を出て、そろそろ屋敷に帰ろうかと話していたとき——あたりの空気を切り裂くような悲鳴が響いた。

楽しそうに賑わっていた通りが、瞬く間に剣呑《けんのん》な雰囲気に包まれる。

「物の怪だ！　物の怪が出たぞ！」

不意に、誰かが叫んだ。先ほどよりもさらに大きな悲鳴が上がり、ざわついていた周囲が一気に混乱に陥った。

物の怪を相手に戦えるあやかしは、この場にはいないらしい。自分が行くしかないと判断した大神は、

「すず、店に戻って待ってろ！　すぐに迎えに行く！」

と言い残して駆け出した。

お気をつけて、というすずの声も届いたかどうか——大神は瞬く間にあやかしたちの波をかき分け、遠くへ行ってしまった。

とにかく先ほどの店に戻らなければ。すずが見えない目であたふたしていると、

「お嬢ちゃん、こっちにおいで。早く！」

と、老人のしゃがれた声がすずを呼んだ。

「えっ⁉　あ、ちょっと待って……！」

すずの返答も待たずに、老人はすずを大通りから外れた小路の向こうへ連れていく。

導かれるまましばらく走ったところで、老人は足を止め、すずに向き直った。

「突然申し訳ない。向こうの大通りはごった返しているから、怪我をしやすいんだ。逃げるならこっちのほうがいい」

「す、すみません。ありがとうございます」

すずは親切にしてくれた老人に礼を言いつつ、ざわついている大通りへ意識を向けていた。

（また、おらが物の怪を引き寄せちまったんろうか……）

楽しそうに街を歩いていたあやかしたちを恐怖に陥れ、疲れていたであろう大神の手を煩わせてしまったのが心苦しい。

気持ちが沈むのと同時に、すずの脳裏に嫌な記憶が——まだ五歳かそこらの頃、

姉に罵倒されたときの記憶が蘇った。

『あんたが物の怪を呼び寄せたんでしょ。そうじゃなきゃ、父さんと母さんだけが死んで、あんただけ生き残ったことに説明がつかない。どうしてくれるのよ、この疫病神！』

そんな感じのことを言いながら、姉は何度もすずの髪を引っ張ったり叩いたりしてきた。姉の虐めは祖母が止めに入るまで続くので、祖母が気がつかなければ、ひたすら我慢するしかなかった。

痛くても我慢。悲しくても我慢。怒りが湧いても我慢。

我慢、我慢、我慢、我慢。

我慢をし続けた末に、姉から言われること、されることのすべてを『どうでもいい』と片すようになったのは、いつからだっただろうか——

「お嬢ちゃん、顔色が悪いね。不安なのかい？」

そんなことを考えていたら、老人がすずの顔の近くで心配そうに声をかけてきた。

「い、いえ！　大丈夫ですよ、気にしないでください」

すずはぱっと笑顔に戻り、気丈に振る舞った。しかし、老人の心配は消えないようで、

「無理をして笑わないほうがいい。物の怪は誰にとっても怖いものだからね」

とすずの背中をさすってきた。

そして「いいものをあげよう」と言って、着物の袖から何かを取り出した。

「ほら、飴でも食べるといい。気分が落ち着くよ」

老人は手のひらに一粒の飴をのせ、優しげな声ですずに差し出した。すずがお礼を言って飴を帯の間にしまおうとすると、老人は、

「いやいや、それは今食べなきゃ。心が落ち着くまじないをかけてあるんだから、今食べないと意味がないよ」

「で、でも……」

小さな子供じゃあるまいし、もらったその場で口に放り込むのはみっともない。人前で卑しい行動をとれば大神の顔に泥を塗ってしまうような気もするし、とすずは頑なに食べようとしなかった。

「ほらっ、いいから食べなさい」

「もきゅっ！」

いつまでも飴を口にしないすずにしびれを切らしたのか、老人は新たに取り出した飴をすずの口に無理やり押し込んだ。

「……っ？」

なんら味のしない飴を舌で舐めた途端、すずはかくん、と地面に膝をついてしまった。

足に力が入らない。いや、足だけではない——全身が湿気でしおれた紙人形になっ

てしまったかのようだ。すずは飴をすぐに吐き出したが、ときすでに遅しだった。

「だ、大丈夫かい、お嬢ちゃん？　具合を悪くしてしまったかな？」

うずくまるすずの肩を抱き寄せる老人。何を食べさせたのだと抗議しようにも、すずは声を発することもできなくなっていた。

「よう、嬢ちゃん。ちょいと奥で楽しいことをしようじゃないか」

「っ⁉」

唐突に、しゃがれた老人の声が野太い男の声に変わった——先ほど花札で勝負した、あの狢の声だ。

「さっきはよくもワシに恥をかかせてくれたなぁ。責任はとってもらうぞ」

狢はすずを軽々と抱えて歩き出した。

（だめ、逃げないと……）

抵抗しようにも筋肉が全く言うことを聞かない。指先がぴくぴく震えるばかりでどうにもならない。声を発することもできない。頭がくらくらしてきて、脳を直接振り回されているような感覚に襲われた。

自分はどこに連れていかれるのだろう。これから何をされるのだろう。どこかに売られてしまうのだろうか。まさか、殺されてしまうのだろうか。

かろうじて働いているすずの頭に、いくつもの最悪の展開が浮かんでくる。

（いやだ、怖い……！　誰か……！）

すずはなけなしの力をかき集めて、叫ぼうとした。

「おい」

助けて、というかすれた声に重なって、低い声が響いた。前からでも、後ろからでもない——上から降り注ぐように、声は響いてきた。

シャリン！　とあたりに響く鈴の音。間髪入れずに、ガツン!!　と響く下駄《げた》の音。

さらに、地面から伝わる衝撃。上空から勢いよく飛び降りてきたのか、周囲一帯の空気がぐわんぐわんと揺れていた。

「その子を連れてどこへ行こうってんだ、ああ？」

間違いようもない——狢の前に立ち塞がったのは、大神だった。決して大きくないはずの彼の声は、喉の奥に暴発寸前の爆弾を隠しているような、猛烈な怒りを孕んでいた。

「ご、誤解だ、お兄ちゃん。ワシはただ、この子が具合を悪くしていたから、介抱しようとしただけで……」

「ほお。そいつの口から妙なにおいがするのは気のせいか？」

「そっ、それは……っ」

大神には、狢が何をしたか、おおよそ分かっているようだった。飴のにおいにまで言及されてしまえば、貉も言い逃れはしにくい。

「言い訳はするな。その子を離せ。さもなくば――」

「ひいいっ!!」

真っ赤に焼けた刃物を向けているような、凄まじい殺気を放つ大神。しかしここまで脅されても、狢はすずを離さない。すずを抱えたまま、後ずさりしはじめた。

そうこうしていると、両者の周りが騒がしくなった。先ほどまで大通りにいた野次馬たちが集まってきたのだ。

「わっ、ワシはただ、嬢ちゃんを助けようとしているだけなんじゃ！　とと、年寄りに詰め寄って脅すなんて、大神様が許さないぞ！」

衆目があるところで、狢は目の前の男に罪をなすりつけようと考えたのだろう。野次馬たちがひそひそ話し出したのを見て、してやったりとほくそ笑む狢。しかし――

「大神様？　そいつは俺のことじゃないか」

と、大神は目深に被っていた大きな編み笠をあっさり脱ぎ捨て、襟巻も外し、堂々と正体を衆目にさらした。

「なあ……っ!?」

狢も、よもや大神がお忍びでやってきているとは思わなかったのだろう。もちろん、それは野次馬たちも同じだった。

「ほ、本当に大神様だ！」

「どうしてこんなところに……」

「じゃあ、さっきの物の怪を退治したのも……」

周囲がどよめいている中で、大神はさらに声を大きくした。

「もう一度だけ言ってやる。その子を離せ。さもなくば、その薄汚ねえ手を斬り落とす‼」

大神が雪下駄をガツン！　と威勢よく踏み鳴らした。すべてを消し飛ばす勢いの殺気に、狢もついに怯んで、すずをその場に下ろした。

「すず！　もう大丈夫だからな」

大神の腕が脱力したすずの体を抱き上げる。すずの意識はもうろうとしていて、囁くように話すのがやっとだった。

「も、ののけ、は」

「あんなの十秒あればすぐ退治できる。それより、早く蓟に診てもらわないと」

大神はさっと踵を返すと、

「道を空けろ、急病人だ！」

と、押しかけていた野次馬たちに向かって声を張った。大神の吠えるような鶴の一声に、その場の全員が急いで道を空けた。

（ああ、この方に怪我がなくてよかった――）

大神のがっしりした骨格と染みるような熱を感じながら、すずは考えていた。

（ああ、ごめんなさい、大神様。おらはやっぱり、ここに来るべきじゃなかった。貴方の今日の思い出を台無しにしてしまいました。本当にごめんなさい――）

大神はぐっと脚に力を込め、近くの屋根に飛び上がると、けんけんぱをするように屋根から屋根へと飛び移っていく。大神の体温に揺られながら、すずの意識は沈んだ。

（四）

『ああ、いっそのことあんたも物の怪に殺されていればよかった！　あんたが代わりに死んでいればよかったのよ』

『あんたなんかがいたから、私も両親も不幸になったのよ。死んで詫びなさいよ、この疫病神！』

今でも鮮明に思い出せる、姉の暴言の数々。甘んじて受け入れてきたのは、すず自身も同じことを思っていたからだ。

自分など生まれてこなければ、顔も知らない両親は死なずに済んだ。姉もこうまでひねくれることなく、幸せな人生を送っていたに違いない。

――分かっている。誰よりもこの身を呪ってきたのは、他でもないおら自身だ。

ヒノも当時はたったの三歳だ。そんな幼い子供が両親を突然失ったのだから、心が荒廃《こうはい》するのは致し方ない。すずに当たらなければ悲しくてやっていられなかったのだ。

――どうして、おらだけが生きてしまったんだ。

生き残ったことを恥じていたからこそ、すずは姉の暴力や理不尽を黙って受け入れていた。形見の三味線を壊されるまで、すずは姉にずっと同情していたのだった。

――なして、ばあばはおらに生きろと言ったんろっか。死ねと言われたったら、おらはいつでも死ねたのに。

こんな人生、早く終わらせたかった。けれど、生きてほしいと願ってくれた祖母の思いを、無下にはできなかった。だから、すずは厳しい修行も受け入れ、この息苦しい生を歩んできた。

――神様は、本当におらを見ているのかな。力尽きるまで生きたら、神様は褒めてくださるかな。

――ああ、苦しいなあ。しんどいなあ。おらはいつまで生きればいいのかなあ。

生きることそのものが苦行だった。誰かに迷惑をかけるくらいなら、いっそ死んだほうが楽だった。すずは来世に賭けることでしか、希望を持てなかったのだ。

＊

ズキズキ痛む頭を押さえながら、すずは目を覚ました。大神屋敷に来てから忘れかけていた――誰にも見せられないほど真っ黒く濁った心の澱《おり》が、起き抜けのすずに執拗に絡みついている。

「もうどうでもいいねっか、そんげの」

ここにはもう、意地悪な姉も、村人も、祖母もいない。もう終わったことじゃないか。すずは自分にそう言い聞かせながら、胸に湧き上がるものに蓋をした。

煩わしい気持ちで寝返りを打つと、周囲の空気が僅かに動いた。優しい獣のにおいがふっと鼻をかすめて、夢とうつつをさまよっていたすずを現実に引き戻した。

（大神様のお部屋？　なして、おらはこんげところで寝て……？）

少しずつ頭が覚醒してくる中で、すずは薄れた記憶をたどった。

梅の市に物の怪が出て、大神と別れたあと。自分は何をしていた？　……そうだ、あの狢のあやかしに、変なものが仕込まれた飴玉を食べさせられたのだ。動けなくなったところを、どこかへ連れていかれそうになって。ああ、あれは抵抗のしようもなくて、すごく怖かった……

けれど、すぐに大神が助けてくれて、それから――そこから先が、はっきりしない。

（この恥さらしめ……身の丈に合わないことをしたツケがこれだ）

いい気になって大勝負なんてするんじゃなかった。自分など、店の隅でちまちまと遊んでいればよかったのだ。そうすれば何事もなくやり過ごせたはずだった。

狢についてもそうだ。以前の自分であれば、もっと警戒して立ち回れていただろう。ここ最近は親切で優しいあやかしたちに囲まれていたから、すっかり油断していた。大神に迷惑をかけて、楽しい一日が台無しになった。自分が調子に乗ったせいで、こんなことになったのだ。

「……この馬鹿たれが」

情けなくなるほど愚かな自分を、小さく罵倒する。

「すずちゃん、おきた？」

「ぶわぁ⁉」

突然、子供の声が近くで聞こえて、すずはバネで吹っ飛んだように上半身を起こした。すると、布団に潜り込んでいたらしい鬼火たちも「きゃー！」と一緒に吹っ飛び、壁や床を跳ね回った。

「おはよう？」「おそよう？」「こけこっこー」「よるですよー」「ほーほー」

思い思いに挨拶する鬼火たちに、すずは、

「わああっ、ごめんなさい！　いると思わねかったんだ！」

と律儀に頭を下げた。

しかし、吹っ飛ばされた鬼火たちは全く気にしていないらしい。逆に小さな目ですずを心配そうに見上げていた。

「すずちゃん、うなされてた」「やなゆめ？」「こわいゆめ？」「だいじょうぶ？」「こもりうた、うたう？」「ねーんねーん」

寝ている間のことはいえ、しまった、とすずは後悔した。鬼火たちには、嫌な夢を見ていたことなどとっくに悟られているようだ。

「だ、大丈夫だよ。もうどんな夢を見てたか忘れたから。心配しないで。ね？」

笑顔を見せて取り繕おうとするすず。けれど、鬼火たちは、

「がまんはないない」「がまんはたいてき」「すずちゃん、つらそう」「よしよし、するする？」

と言いながら、すずの肩や手の上に集まってくる。

「やしきのみんな、ねんねちゅう」「だから、ひみつ」「みんなで、しーってするよ」

肩から頭の上に登ってきた一体の鬼火が、小さな手ですずの頭を撫でている。他の鬼火たちも、すずの手をさすったり、頬にきゅっと抱きついたりしていた。

（みんな、おらを慰めようとして……？）

もしかして鬼火たちは、すずがどんな夢を見たのか、知っているのだろうか。彼ら

がしようとしているそれはまさしく——夢の中の自分が欲していたものじゃないか。

「いいこ～いいこだ～」「すずちゃん、いいこ～」「ね～んね～ん」「す～やす～や」

すずの頭や肩や手をさすったり、子守歌のようなものを歌い始める鬼火たち。彼らは真剣そのものだろうけれど、光景を想像してみるとなんだかおかしくて、すずは笑ってしまった。

「すずちゃん、これ、これ」

ふと、一体の鬼火がすずを呼んだ。何かを指し示すように叩いていたので、すずは手を伸ばした。

「これは……」

昼間に大神から買ってもらった、香りのする蝋燭だ。香油屋の店主いわく、この香りには癒し効果もあるらしい。火を灯すと蝋が溶け、練り込んだ香りが広がる仕組みなのだという。

「ね、ね、つかってみよ～」

鬼火たちが燭台を持ってきてくれたので、そこへ蝋燭を立てる。一体の鬼火が蝋燭の芯を小さな両手でこすると、ぽっと火が灯る。しばらくして、部屋に植物の優しい香りが漂い始めた。

「いいにおい～」「ふわふわぁ～」

鬼火たちが気持ちよさそうに、ころころと寝転がっている。すずも「そうだねえ」と言いつつ、ひと息ついた。

「すずちゃん、たのしかった?」「いっぱい、あそんだ?」「おいしいもの、たべた?」

鬼火たちに聞かれて、すずは昼間のことを思い出す。

大神と一緒に里を歩いて、美味しいお団子を食べて、素敵な蝋燭を買ってもらって、初めて花札で遊んで……

「……うん、楽しかったよ」

最後は大変なことになったが、悪いことばかりでもなかったと気づいた。大神に可愛いと言ってもらえたのも嬉しくて、彼の反応を思い出しただけでも笑みがこぼれてしまう。

「ね、すずちゃん」「おやかたさまのこと、すきすき?」

鬼火たちはすずに頬を寄せながら聞いてくる。

「……うん。大好き」

びりびり響くような低い声も、優しいにおいも、たくましい腕も、体温も。腕っぷしが強いところも、北国島を大切に思う気持ちも、すずを気にかけてくれる優しさも、何もかもが好きだ。好きになってしまうに決まっている。

「もちろん、鬼火さんたちも大好きだよ。ここにいるあやかしさんたちも、みんな大好き」

すずはそばにいた鬼火たちを、花束を抱えるようにぎゅっと抱きしめた。鬼火たちも「わーい」「やったー」などと喜んで、すずを抱きしめ返した。

「ぼくたちもすきすき～！」「ず～っといっしょ～」「おふとんもいっしょ～」

布団から転がり出ていた鬼火たちは、再びすずの布団の中へすぽすぽ入ってくる。

布団の中がこたつのようで、冷えていたつま先がじわじわ温まってきた。

「ふふふ、鬼火さんはあったかいねえ」

すずが手の上に乗っていた鬼火たちをぬいぐるみのように抱き込んでいると、

「……すず？　起きているのか？」

と、襖の向こうから、かすかに大神の声がした。静かに襖が開く音がして、大神がこっそりとすずの様子を見にきたようだった。

「おやかたさまだあ」「よふかし、よふかし」「こっそり、のぞき」「ねがお、みにきた」

鬼火たちがやいやい言うと、大神はしっ！　と注意する。

「バカッ、そんな言い方したら変なことをしに来てるみたいじゃないか」

「変なこと？　とは？」

「なんでもねえよ」

大神が言っていることの意味が分からず、すずは首を傾げた。

起きてるならいいか、と言って大神は部屋にそっと入ってきた。

「中途半端な時間に目が覚めちまったな。体は大丈夫か？」

「はい、大丈夫です」

「そうか、それならよかった」

大神はすずが気を失っている間にあったことを教えてくれた。

あのあと、すずは大神によって屋敷に運び込まれ、薊の治療を受けた。すずが帯にしまっていた飴から盛られた毒の成分が解明できたため、迅速に解毒薬を調合できたそうだ。

すずを誘拐しようとした狢は、あやかしの里にいる衛兵の御用となったらしい。余罪があったこともあり、今は牢屋で取り調べを待つ身だという。

「ごめんなさい。せっかく遊びに誘っていただいたのに、こんなことになってしまって」

「気に病むな。すずが無事ならそれでいいんだ」

「でも……」

そう言われても、すずの心が軽くなることはなかった。自分がきちんと立場をわきまえていれば、あんな騒ぎにはならなかったのだと思うと、罪悪感で胸が押し潰されてしまいそうだった。

「すずはただ楽しんでいただけだ。腹いせなんてふざけた理由ですずを狙ってきたあいつが一番悪い。それに、俺がすずを店の中まで送り届けていれば、あいつの悪事を防げたかもしれ――」

「違います！　大神様は悪くないです！　だって、貴方はただ、ご自身の役目を全うしただけで……」

大神はあやかしたちを物の怪から守らなければならない。

あやかしたちの安全を優先するのは当然のことだし、すずにそこまで構っていられる猶予はなかったはずだ。

「私が招いてしまったんです。私がもっと気をつけて行動していればよかったんです。私が余計なことをしなければ、こんなことには……っ」

不意に、すずの反論がピタリと止まった。すずの唇を縫い止めるように、大神の人差し指の先がぴっと触れていた。

「お前、世の中のすべての悪事が自分のせいだと思い込むタチだな？」

大神はしょうがねえなと言わんばかりに、長く大きなため息をつくと、

「少し待ってな。ちょうどお前さんに渡そうと思っていたモノがあるんだ」

と言って、すぐ隣の寝室に引っ込んだ。

「ほら、受け取ってくれ」

ほどなくして戻ってきた大神が、すずに何かを差し出す。

すずはなんだろうと思いながら、おずおずと差し出されたモノにそっと触れ――

言葉を失った。

「…………う、そ」

言葉だけではない――それまで抱えていた罪悪感も、喉の奥に詰まった苦しさも、一瞬のうちにすべてが吹き飛んだ。

「お前の大事なモノだろう」

触れた指先が、ぴたっと吸い付くような錯覚に陥った。まるで、失っていた体の一部が戻ったときのような――しっくりと馴染むような感触。

ありえない。けれど、これ以外に考えられない。

「ばあばの、三味線……？」

渡されたのは間違いなく、祖母の形見の三味線だった。ここに来る前、確かに姉に壊されたはずなのに。なめらかな木の触り心地も、棹についていた傷の位置も、すずが覚えていたとおりだった。

「ど、どうして、これが……？」

すずの声は震えていた。ここにはないはずのモノが、今、間違いなくこの手の中にある――その事実が信じられない。夢を見ているんじゃないかと疑うほどの奇跡だった。

「先日、村まで偵察に行った青梅と紅梅が、お前のじゃないかって持ってきてくれたんだ。俺もにおいを嗅いで、すぐにすずのだって分かった」

「で、でも……壊れていたはずなのに、どうして……?」

「屋敷のあやかしに修理を頼んだんだよ。直せそうな奴に心当たりがあったんでな。相談したら『すずのためなら』ってすぐに仕上げてくれた」

棹に手を滑らせていると、ちょうど姉に壊されていた箇所だけ、触り心地が違うことに気づく。つるりとした、真新しい木材の感触だ。

大神はすずの頭にそっと手を乗せて、静かな声で言い聞かせた。

「すず。それはな、お前自身が引き寄せたんだよ。善い行いってのは、善い結果で返ってくるもんだ」

「善い行い……? 私、が?」

自分は、屋敷のあやかしたちに対して、特別な何かをしたのだろうか。彼らとは関わり始めて日も浅いし、さほど会う機会がなかったあやかしも多かったけど。

「お前、屋敷のあやかしたちに気に入られてるんだよ。目が見えないのに、文句一つ言わずに一生懸命仕事して、子供たちの面倒もよく見てくれる。いつも誰かのことを気遣ったり、手伝ったりしている善意の塊みたいなお前の姿を、屋敷の奴らは毎日見てたんだ」

「そんな……全然気づいてなかったです……」

「みたいだな。けど、誰かに見られているって意識もないのに、それでも善い行いができるのは、間違いなくすずの美点だぜ」

すずは目が見えないからという理由で甘えたり、怠けたりするようなことを決してしなかった。自分にできることを常に模索し、自分にできる方法で、屋敷の役に立とうとしていた。

それが、助けてもらった自分にできるせめてもの恩返しだ、と考えて。

そんな彼女の周囲には、常に屋敷のあやかしたちがいた。ほんの少し挨拶を交わしただけの者や、会話したことさえない者まで――屋敷に住む誰もが、盲目の彼女を心配しながら、その仕事ぶりを見守っていたのだ。

「今まで俺や使用人たちに頼ってばかりだった奴らが、お前に感化されて動き始めた。お前に何か恩返しできないかって、必死に考えていた奴もいる。全部、お前のしてきた行いの結果だ」

大神がすずの頭を優しく撫でた。

そのとき、すでにすずは目の奥から、熱い何かがこみ上げてくるのを感じていた。

「すずのおかげで、大神屋敷はもっといい場所になった。お前はもう、俺たちの大事な宝物だ。ここに来てくれて、ありがとう」

まぶたの内側に収まりきらなくなった熱い涙が、大粒の雫《しずく》となって、ぼろっとこぼれ出た。

涙は堰《せき》を切ったようにぼろぼろとこぼれ、三味線の上に落ちていく。弦に触れていた指が、涙で濡れたとき――すずの中で、むくむくと膨れ上がっていた何かが弾けた。

「わあぁぁん！」

上げようと思ったって上げられるようなものではない――すずが上げた泣き声は、きわめて衝撃的で、酷く衝動的なものだった。

すず自身でさえ、自分もこんな泣き方ができたのか、と心のどこかで思ったほどだ。

彼女は生まれて初めて号泣していた。

「あ、ありがとう、ございます……！　本当に、ありがとうございます……！」

ここへ来るまでに飲み込んできたすべての苦しみと悲しみが、溶けて消えたようだった。祖母の言ったことは決して間違いではなかった――ようやく、自分の頑張りは報われたのだ。

すずは直った三味線を抱きしめて、わんわん泣いた。

「すず」

大神が小さく名を呼んだ。すずの頭を撫でていた手が、後頭部へと移動する。

もう片方の手がそっと背中に回されたとき、泣いていたすずはハッとして、大神の胸を押し離した。

「だ、だめですっ！　今、そんげことしたら……大神様の着物に、おらの、っは、鼻水がついて、しまいます……っ！」

大神の動きがぴたっと止まった。というか、固まった。

そう、すずの顔は今、涙と鼻水でべしゃべしゃだった。大神の立派な着物をそんなもので汚してしまっては、申し訳が立たない――すずは大真面目にそんなことを考えて、大神の抱擁を拒んでいた。

「っぷ、ははははははっ！」

……のだが。大神は大爆笑だった。それまでの暗い空気をたちどころに消し飛ばすような、豪快な笑い声だ。

「はっ、鼻水って！　今、それ気にする⁉　すずってば、ほんと真面目すぎ……！　あっはははははっ！」

「だ、だってそれ、青梅ちゃんと紅梅くんが、大事にしてる着物だって……」

確かに、鼻水で汚れてしまう、なんて情緒も何もあったものではない。

しかし、すずにとっては情緒を壊すよりも、大神に対して無礼を働くほうが問題だった。

「まあ、それでこそお前だよなあ。でも」

大神はもう一度手を伸ばし、今度こそすずを抱きしめた。

「そんなの気にしねえから。目の前で大事な女の子が泣いてるときくらい、抱きしめさせてくれよ。な？」

「あ……っ」

ふわふわで温かくて、優しい抱擁だった。毛づくろいをしたときの、ほっとするようなにおいが、すずを包んだ。

ふかふかの布団にもぐって、きゅっと体を丸めたときのような安心感を思い出した。

「いっぱい泣きな。つらいものを全部洗い流して、ぐっすり眠ったら、また元気に笑ってくれ」

大神は静かにそう囁いて、すずの背中をとんとん叩く。周囲の鬼火たちも、すずの肩や頭にすり寄りながら、彼女を慰めていた。

＊

そして翌朝。

じとりと暗い目をした薊の手には、北国島の新聞があった。

「どういうことですか、お館様。こんなに派手に遊び歩いていいとは言っていませんよ」

一面を華々しく飾っている見出しはこうだ。

「なんですか。『熱愛⁉　大神様は人間の少女がお気に入り』って」

「不可抗力だ！」

大神はわんわん吠えるように抗議した。

「確かに、俺がすずを抱きかかえたら絵面がよすぎたってのはあるさ！　だが、いくら可愛いすずと凛々しい俺がお似合いだからって！　こんなにデカデカと『熱愛発覚』なんて報じられるとは思わねえだろうよ‼」

「言い訳するのか自慢するのか、どちらかにしてくれませんか」

薊は見事なしかめっ面だ。一体、これのどこがお忍びだと言うのだ、と言わんばかりである。

「しかも貴方、賭け事をしていたのですね。よもや北国島の守り神ともあろうお方が、うら若き少女を連れて遊び場に……」

「花札でちょっと遊んだだけだ！　いいじゃねえか。金を賭けたわけじゃないし、酒を飲んだわけでもないし、すずは楽しんでくれたんだし」

「楽しんでくれた、ですか」

それはそうでしょうね、とこぼす薊の視線の先には『お見事！　ハイカラ少女、イカサマ師を成敗！』という見出しがある。

取材を受けた店の関係者か、あるいは客が教えてしまったのだろう。いきなりやってきた可憐な少女が目を見張る活躍をしたのだから、誰かに教えたくなるのもむべなるかな、といったところか。

「これでは変装した意味が何もありませんよ」

「あの場を手っ取り早く収めるには、正体をさらしたほうがよかったんだよ。繁華街で乱闘が起きたりでもしたら、被害も大きくなっていたかもしれないし」

「理解はできますが、貴方は北国島の中で一番影響力のあるお方なのですよ。せっかくすず殿を大神屋敷で匿っていたというのに……」

確かに、これではすずの所在も猿神に筒抜けだ。しかし、大神にも大神なりの考え方がある。

「悪いことばかりじゃない。これで猿神のほうから動いてくれれば、呪いを解く手がかりもつかみやすくなる」

「匿っているのが天敵の大神様だと分かれば、かえって警戒されるのでは……」

「いや、あの意地汚い野郎がすずを諦めるとは思えない。むしろ、あらん限りの憎悪で俺を潰しにかかるだろうさ」

猿神は唾棄《だき》すべき仇敵《きゅうてき》だ。それを討てる好機に繋がるというのなら、大神にとっては願ってもない話だった。

「お館様！　青梅と紅梅、ただいま戻りました」

そこへ偵察に出かけていたなまはげの姉弟が、屋敷の窓から帰還してきた。

「ちょうどいい。お前ら三人に命令だ」

大神は姉弟と薊をその場に座らせ、神妙な面持ちで命じた。

「俺は近いうちにぶっ倒れて、まともに動けなくなるだろう。だからもし——俺が……すずを食おうとしたときは、絞め落としてでも俺を止めてくれ」

## 三章　贄《にえ》の番《つがい》

### （一）

昔から、ヒノは妹のことが大嫌いだった。彼女だけのものだった父母を、妹は横取りして奪っていったのだから。

妹ができてから、我慢ばかりの日々だった。本当は父と話したかったのに、母と遊びたかったのに、彼女の相手はいつだって憎らしい祖母だった。

自分は両親にとって、いらないモノになってしまった。大きくなった自分よりも、小さくて可愛い妹のほうを好きになってしまったのだ。ヒノはそう思った。

――なのに、あの妹は両親を死なせた。二人の愛を一身に受けていながら、物の怪を引き寄せて殺したのだ。

ヒノにはもう、妹が物の怪以上に邪悪な存在にしか見えなかった。どうして、こんなモノがこの世に生まれてきたのだろう。盲目でまともに自立もできない欠陥品のくせに、のうのうと生き残った妹――地獄に堕としてやらなければ、物の怪に襲われて死んだ両親があまりに浮かばれない。

だから、ヒノは妹を何度も殺そうとした。なんでもいい、とにかく痛くて苦しい罰を与えなければならないと思った。けれど忌々しいことに――ヒノが妹に危害を加えようとするたび、それに勘づいた祖母が妨害してくるので、いずれも失敗した。

怒りでおかしくなりそうだったヒノは、ある日、鉈切山の神社へ神頼みに行った。どうにかして妹を懲らしめてやれないかと考えて、大神の力に縋ろうとしたのだ。

どうか妹に罰を与えてください、とヒノが祈ったとき、

「あれまあ、とんだ神頼みをする人間がいたもんだあ」

と、背後の中から声がした。

ヒノは、まさか他に誰かがいるとは思わなかったので、驚いて腰を抜かした。

「妹を殺したくて仕方がないかあ。物騒だねええ」

「だ、誰っ⁉」

「うーん、普段なら教えねえんだけどお……お前には特別に教えてやるよお」

声の主はキキキ、と笑いながら、呆然としているヒノの前に姿を現した。

緋色の髪の毛を持つ、怪しげな男だった。顔の上半分は包帯のようなもので隠しており、その隙間から黄金色の右目を覗かせている。

「俺は『猿神』さあ。一応は神様なんだけど、大神様からすごおく嫌われていてさあ。見つかったらハエみたく潰しにかかってくるからあ、こうして人里の近くに身を隠しているってえわけでえ～」

猿神はニタニタと湿った笑みを浮かべながら、ヒノを森の奥に引き込んだ。そして彼女の耳にそっと囁いた。

「お前ぇぇ、妹をよっぽど憎んでいるらしいなああ。ちょうどいい、俺もお前の妹が生贄に欲しかったんだああ。村人にどう差し出させるかずう～っと考えていたんだけどお……お前、手伝ってくれよぉお」

猿神いわく、妹は神様にとって、とても美味しそうな霊力を持った、特別な人間なのだという。まだ体が小さくて未熟だから、一番美味しくなった状態の妹を生贄として差し出してほしい、というのが彼の要求だった。

「なぁあに、難しいことじゃあぁない。お前は今までどおり、妹を虐めていればいいんだよお。女の子は不幸にすればするほど、いい味が出るからさあぁ。ああぁ、もちろん、動いてもらった分の対価は払うよお。人でもモノでも、お前の望むものをくれてやるよお」

引き受けてくれるか？　という猿神の問いに、ヒノは一も二もなく頷いた。妹を好きなだけ虐められて、生贄として体よく追い出すこともできて、さらにご褒美までもらえるというのだ。こんなに美味しい話はない。

猿神はさらにこう続けた。

「いいかあ？　生贄はときが来るまで絶っ対に殺すなよお？　お前が立ち回りやすいように、村人にはまじないをかけといてやるからなあ。奴らはお前だけを慕い、妹を疎むようになるだろう。それを上手く使うんだよおぉ」

――そうして、ヒノは猿神の助けを借りながら、猿神の望みどおりに立ち回った。なぜか祖母だけが猿神のまじないにかからなかったが、それはさして大きな問題にはならなかった。

村人はみんな、ヒノの味方だ。妹は呪われた忌み子で、祖母は忌み子をかばう異端者――ヒノはどれだけ妹を酷く虐めても、怪しまれることなく有利に動くことができた。

やがて、妹は成長し、唯一邪魔だった祖母が死んだ。猿神は機を見計らって、鉈切山のふもと一帯に大雪を降らせ、大神の名を騙って生贄を要求した。

計画は全て上手くいった。妹を生贄に差し出したヒノは、見返りとして村一番の富と権力を持った家に嫁ぎ、誰からも愛される幸せな暮らしを手に入れた。

私は妹に勝った。これで何不自由ない生活が送れる。ようやく私に幸せが訪れる。

――邪神《じゃしん》に魂を売ったヒノは、そう信じて疑わなかった。

＊

「どういうつもりだ、ヒノ⁉　お前には人の心がないのか‼」

未だに雪が降り止まない、鉈切山のふもとの農村にて――ヒノはある朝、結婚したばかりの夫から、いきなり罵声を浴びせられた。廊下どころか家中に響き渡りそうな大声だったので、さすがの彼女も当惑した。

「ど、どうなさったのですか、旦那様？　私が何か……」

「どうしたもこうしたもあったものか！　お前、女中の子供にわざと水を浴びせたらしいな。聞いたぞ」

ひっく、と声が喉の奥で詰まるのをヒノは感じた。自分の行いを非難されて、怒鳴られるなど、彼女は全く想定していなかったのだ。

夫は猿神のまじないのおかげで、ヒノに心酔していた。ヒノのすることはすべて正しくて、対抗する者はどんな理由があろうと許されない——そう認識するはずなのに。

「こんなに寒い中で、小さな子供に水を浴びせるなんて、何を考えているんだ！　風邪を引いてこじらせでもしたらどうする！」

——だというのに、どうして今、夫は明確にヒノをなじってきているのだ！

こんなに鬼気迫る表情の夫を、彼女は見たことがなかった。しかし、ヒノもこの程度で怯むような気弱な性格ではない。

「ま、待ってください！　私はただ、行儀の悪い子供のしつけをしただけです！」

「しつけだと？」

目尻を吊り上げる夫に、ヒノは毅然とした態度で頷いた。

いくらなんでも、理由もなく子供に水を浴びせるような鬼ではない。ヒノがそんな行動に出たのには、のっぴきならぬ正当な理由があったのだ。

「先日、所作のなっていない女中を注意していたのです。こんなことでは大旦那様に恥をかかせてしまうと。そうしたら、急にその女中の子供が口を挟んできたものですから」

親切心で指導してあげているというのに、子供は生意気にも母親をかばい、立場が上のヒノに対して「鬼」だの「意地悪」だのと罵った。だから、彼女は子供を黙らせるために、桶いっぱいの水を浴びせてやった。ただ、それだけだ。

その事実をヒノは冷静に淡々と説明するが、夫の怒りが鎮まる様子はなかった。

「では、連日その女中に暴言を吐いていたのも、すべて指導のためだったと？　あれではただの虐めだと、他の女中も顔をしかめて俺に訴えてきたんだぞ」

「言いがかりです！　私はただ、貴方の妻として正しい行いをしようとしていただけで……」

確かにあのあと、子供は大泣きしたし、やりすぎたような気はした。しかし、そもその原因は、あの子供の親が至らなかったせいだ。悪いのは向こうであって、こちらに非はない。

一体、誰が私を極悪人のように仕立て上げたのだ。あの小賢しい妹ですら告げ口などしなかったのに――と、ヒノはイライラするのをこらえて、奥歯をぐっと噛みしめた。

「お袋や姉からも、お前の嫁としての態度は最悪だと聞いているぞ。そんなお前がどのツラ下げて女中の指導をしようと言うんだ」

「最悪ですって⁉　貴方はあの人たちの言うことを真に受けているのですか！」

姑たちのことを持ち出されて、ヒノはとうとう怒鳴り返してしまった。夫の察しの悪さに腹が立って仕方がなかった。

姑も小姑《こじゅうと》も、私に何かと難癖をつけていびろうとしているのは明らかなのに、夫はどうしてそれに気づいてくれないのだろう。ああ、ムカつく。この男は、妻よりも親や兄弟のほうが大事だというのだろうか。

ヒノも、当初は目の前の男を情熱的に愛を囁いてくれる可愛い夫だと思っていた。が、蓋を開ければ母親と姉の尻に敷かれているだけの腰抜けだった。妻の言い分には一切寄り添わず、母親や姉と一緒になって叱りつけ、挙句の果てには女中やその子供もかばいだす始末。ああ、なんて貧乏くじを引いてしまったのだ、とヒノは嘆いた。

再度、ふつふつと怒りが沸騰してきたところで、ふと、彼女は気づいた。

——夫婦が騒いでいるのを聞きつけた家人たちが、いつの間にか周囲に集まってきていたのだ。

「は？　な、何よ、貴方たち……何か文句があるの⁉」

ヒノは家人たちを睨み返して怒鳴りつけたが、彼らに怯んだ様子はなかった。むしろ、逆に大勢の人間たちから睨み返された。中には何か囁き合っている者もいる。

ヒノは次第に背中に冷や汗が滲んでくるのを感じた。

どうなっているのだ。村の人たちはみんな私の味方になるはずなのに、この状況はむしろ、孤立無援だ。ほんの数日前までにこにこ愛想を振りまいていた家人たちが、今日になっていきなり全員敵に回るなんて、狐か何かの悪戯としか思えない。

「失望したぞ、ヒノ。お前の態度によっては処分も考慮しようと思っていたが、もう我慢ならん。おい！　誰かこいつを連れていけ。納屋にでも閉じ込めておけ！」

「そんな、何かの間違いよ！　——どうしてよ⁉　おかしいわよ‼　私は何も悪いことしてないじゃない‼　悪いのはそいつらでしょ‼」

男数人に押さえ込まれ、ヒノは必死に暴れて抗議した。しかし彼女の言葉に耳を貸す者は、最後まで誰一人としていなかった。

ヒノはあっという間に納屋に放り込まれた。

「出して、出しなさいよ‼　でなきゃお前ら全員、天罰が下るんだから‼」

しばらく叫んで訴えていたヒノだったが、次第に叫ぶのにも疲れてきて、その場に座り込んだ。

怒りのやり場がどこにもなくて、自分の中でも消化しきれなくて、ヒノは納屋の扉に爪をガリガリ立てた。

「どうして……？　私、本当に悪いことなんかしてないのに……なんで私がこんな目にあわなきゃいけないの……⁉」

家人たちへの怒りで、はらわたが煮えくり返った。こんなとき、以前なら腹いせに妹を殴っていたところだが、その妹はもういない。妹は猿神の生贄になったのだから。

「まさか……私、猿神《あいつ》に騙されたの……？」

もしかして、もう用済みだからと捨てられたのだろうか。自分が欲しかったものは手に入れられたから、あとに残された捨て駒のことなど、猿神はどうでもいいと考えたのだろうか。

そんなこと許されるものか。許してなるものか。ヒノはぎちぎちと指を噛み、猿神を呪った。

「許さない……よくも私をこんな目に……っ！　祟《たた》ってやるっ、祟ってやるうっ！」

（二）

遊ぶことを覚えてからも、すずの仕事ぶりは変わらなかった。毎朝寝過ごすことなく大神の部屋にやってきては、丁寧に毛づくろいをして調子を整えてくれる。よく働くものだ、と大神は感心しきりだった。

（俺をもふもふしてるときのすずの顔、めちゃくちゃ可愛いんだよなあ……ああ、今日も早く来ねえかなあ）

大神の前では緊張しがちなすずだが、このときだけは頬を緩ませて微笑みを浮かべる。

その可愛らしさたるや、凍えきった鉈切山を春風で包まんばかりの勢いだ。

すずが毛並みに触れてうっとりしているとき、大神は翁《おきな》の面のような微笑みを浮かべている。

（しかし、やっぱり遠慮がちだよなあ。もっとこう、顔を埋めてもふーってされてもいいんだけどなあ）

　子供たちの容赦ない触れ方に比べると、すずの触れ方は正直物足りない。両手で水をすくうようにふわふわと優しく包んでくれるのも、それはそれでいいのだが、もっと大胆にしてくれたほうが大神としては嬉しい。

（……多分、他の女ならこんなこと思わないよな）

　きっと、他の女なら無礼者と思って逃げたくなるが、すずならば大歓迎だ。もう、全身ですりすりされたってかまわない。というか、されたい。

（って、なんだか変態みたいだな、俺。すずのことばっかり考えて、どうかしてる）

　危ない危ない、と理性で歯止めをかける大神だが、すでに心の奥底は熱を上げていた。

　ああ、早くすずに会いたい。優しく梳いてもらいたい。撫でてもらいたい。今日はやけにすずが欲しい。

　いっそのこと――すずを、食べてしまいたい。

（……あれ？　待て、これ、結構まずい症状じゃないか？　薊に言ったほうが）

　大神は近くに控えていた薊に声をかけた。

「あざ――けほ、げほっ」

「お館様？　大丈夫ですか？」

声を出した瞬間、とめどなく咳が出てくる。

「けほ、けほ。……あ、あざみ、ちょっとこれ、本格的に……げほっ、がふっ、かっ、がふっ」

「……お館様？」

咳の音が変わった。喉が乾燥しているときの咳ではない。

突然、喉の奥から何かが這い上がってきて、とっさに口を手で押さえる。それと同時に、びしゃっと音を立てて生温かい何かが手を濡らした。

「お館様!!　血が……」

大神の視界全面に映った畳を、真っ赤な血が埋めていく。

ひっきりなしに咳が押し寄せて、次から次へと血がこみ上がってくる。自分の血で溺れそうだ。

「お館様！　しっかりなさいませ！」

薊の声が近いのに遠い。耳鳴りがする。視界がぼやける。意識が遠のいていく――

＊

「いっぱい買っちゃったわねえ。帰ったらすぐにたけのこの下処理をしないと」

太陽が顔を出し、雲が金色に輝いている時分――食材入りのかごを背負いながら、お銀はあやかしの里の市場を歩いていた。彼女の袖に掴まりながら歩いているのは、大きな風呂敷包みを片手に抱えたすずだ。

今朝、あやかしの里は雲ひとつない快晴だった。昇ってきた太陽が残雪を照らしていて、実に爽やかな景色だ。あたりは新鮮な朝の空気と、あやかしの民たちの賑わいで満たされている。

「二人で作ったふき味噌も、そろそろいい塩梅かしら。おすずちゃん、どうやって食べたい？」

「そうですねえ。やっぱり、お米と一緒に食べたいです。おにぎりにすると、すごく美味しくて」

村にいたときは、祖母が毎年ふき味噌を仕込んでくれて、すずはそれを楽しみにしていたものだ。あまじょっぱい味噌を炊きたての玄米と一緒に食べると、ほっぺたが落ちるほど美味しかったのをしみじみ思い出す。

「いいわねえ、おにぎり！　それなら外でも食べられるものね。鬼火ちゃんたちはどうやって食べるのが好き？」

お銀はさらに、すずの肩に乗っていた鬼火たちにも尋ねる。

同じような声と姿をしている鬼火たちだが、彼らにも個性はしっかりあるようで、「あぶらげとたべる～！」「おとーふがいい～！」「あえもの、すきすき～」と、好きな食べ方を思い思いに主張していた。

みんなで食べ物の話をしていると美味しそうで、うっかりするとお腹が鳴ってしまいそうだ。

「おすずちゃんもしっかりご飯が食べられるようになったわね。安心したわ」

「お銀さんたちの作ってくれるご飯が美味しいからですよ。美味しいご飯がたくさん食べられるようになって、私も嬉しいです」

「まあまあ！　おすずちゃんたら、褒め上手だわぁ～」

お世辞などではなく、すずは本当にそう思っていた。

最近、すずは針仕事や大神の毛づくろいなどに加え、鬼火たちの補助つきで布団運びや洗濯などもさせてもらえるようになった。

活発に動き回るようになれば、食欲も湧く。体を動かし、しっかり食べて、温かい寝床で眠って……と過ごしているうちに、すずはいつの間にか、こんなにも元気になったのだった。

ここまで回復させてくれた大神屋敷のあやかしたちには頭が下がる思いでいっぱいだ。

……だというのに。

「大神様のお体は、大丈夫なのでしょうか……」

すずが万全に回復したのとは反対に、大神は三日前から体調を崩しており、自室にこもりきりだった。詳しい話は薊からもしてもらえなかったが、大神は起き上がるのもつらい状態だという。

静養に努めるため、薊と青梅、紅梅以外の使用人は立ち入りを禁じられていた。

「大好きな毛づくろいもできないなんて、よほどおつらいのでしょうか……」

鉈切山を挟んで反対側にある人里のほうは、依然として酷い大雪が降り続いているらしい。大神はそちらの雪を少しでも食い止めるため、神力を注ぎ続けているようだが、それでも雪が止むことはなかった。

「きっと大丈夫よ、お館様ですもの。先生たちもついているわ。私たちは私たちにできることをしましょ」

そのためにここへ来たんでしょう？　と、お銀はすずの背中をさすった。お銀の冷たい手はなぜか心地よくて、丸くなりがちだったすずの背筋がしゃんと伸びていく。肩に乗っていた鬼火たちも、お銀の真似をしてすずの肩をさすり始めた。

「そう、ですね。毛づくろいができないのであれば、せめて精のつくお料理を作ってさしあげなければ！」

「そうそう、その意気よ。おすずちゃんが頑張って作ったお料理なら、お館様もきっと喜んでくださるわ」

下を向きがちだった顔を前向きに戻して、すずはふんす！　と鼻息を鳴らす。

大神がつらい思いをしている今、元気な自分までしょげてどうするのだ。こんなときこそ、大神の助けになることで恩を返すべきだ。

お銀から励まされて、すずは自分の両側の頬をぺちぺち叩き、気合いを入れ直す。

「むむっ！　あやしいにおい！」

不意に、彼女の右肩に乗っていた一体の鬼火が何かに反応した。

しかし、左肩に乗っていた二体の鬼火は分からないようで、ちょこんと首を傾げていた。

「なあに、なあに？」「においってなあに？」「にんげんのにおい！　まよいびとだ！」

人間のにおいと聞き、すずとお銀は「ええ!?」と揃って驚きの声を上げた。

「でも、人間は隠世に入ってこられないって、大神様が前に言ってたような……」

「ええ。神様や高位のあやかしに導かれたのならともかく、人間が一人で勝手に迷い込むなんてありえないわ」

しかし、本当に人間がいるのなら放っておくわけにもいかない。二人は守り神の使用人として、状況を大神に報告する必要がある。

それに人間が隠世のあやかしたちを見れば、化け物がいると驚いてしまうだろう。下手をすれば大騒ぎにもなりかねない。

「あっち、いる！　ずっと、おなじとこ！」

と、しきりに急かしてくる鬼火に道案内をさせ、二人は迷い込んだ人間のいるらしい場所へと向かった。

「ねえ、貴方！　大丈夫？」

大通りからそれた路地裏に入ったところで、お銀が人間を見つけたらしい。一気に駆け出した彼女の気配を、すずも必死に追った。

「おんなのひとだ」「おめめ、とじてる」「おかお、まっしろ」

鬼火たちの反応から察するに、迷い込んだ人間は女性のようだ。目を閉じていて、真っ白な顔ということは、具合を悪くしているのだろうか。

女性を助け起こしたお銀が、額に手をあてがう。

「……大変！　この人、体が冷え切っているわ。早く先生に診せないと」

お銀は持っていた風呂敷や手ぬぐいなど、ありったけの布をかごから取り出して、女性の体をくるみ始めた。

どうやら事態は一刻を争うようだ。すずも状況を素早く汲み取ると、肩に乗っていた鬼火たちに指示を出した。

「鬼火さんたち、この人を温めてあげて。早くお屋敷に帰ろう！」

＊

「薊先生、今戻ったぞ！」

薊が大神の看病をしていたところへ、偵察に向かわせていたなまはげたちのうち、紅梅の声が割り込んできた。

「お二人とも、ご苦労様でした。収穫はありましたか？」

薊が問えば、窓から入ってきた二人は揃って首を横に振った。

「全然。こんな不自然な大雪、絶対に上位格の物の怪の仕業なのに、どこにもそれらしい気配がねえ」

「人間たちも、もう限界が近いわ。食料が尽きて、倒れたりする人も出始めてる。このままじゃ、体の弱い子供やお年寄りから……」

紅梅と青梅は、代わる代わる口をもごもごさせていた。時折お互いに視線を送って、この先をどう切り出すか、二人で悩んでいるようだった。

「死人が出始めていてもおかしくない、ですか？」

言い渋っていた台詞を薊が先回りして言った。二人はほんの少しうつむいて、静かに頷いた。

「まずいですね。お館様の症状が悪化しているこの状況で」

他の土地では桜が咲いているくらいなのに、自分たちが住む土地だけは一向に冬が明けない。生贄まで出したのに雪を止めてもらえないとなれば、民の怒りが大神に向けられるのも時間の問題だ。大神の神力がますます弱ることにも繋がりかねない。

「ちくしょう！　お館様はずっと頑張ってるのに……！」

「このまま雪を降らせている元凶を見つけられないと、お館様が……」

言っているうちに、自分たちの無力さを痛感したのだろう。青梅と紅梅は着物の裾《すそ》を握りしめて、涙を堪えていた。

「貴方がたはよくやってくれています。どうか自分を責めないで」

薊は今にも泣き出しそうな二人の肩をさすりながら慰めた。

（お館様の推測が正しければ、この大雪は猿神の仕業――奴め、すず殿を奪おうと本格的に仕掛けてきたか）

北国島の守り神である大神が力尽きれば、この地に住むすべての生命が危険にさらされることになる。それだけは、なんとしても回避しなくてはならない。薊はどうするべきかと頭を悩ませた。

鉛のように重たい彼らの沈黙を打ち破ったのは、玄関から響いたお銀の声だった。

「誰か、彼女を温かい部屋に連れていって！　顔が真っ白なの！」

こんな大事なときに、と苦い顔をする薊。しかし医者として急病人を放置するわけにもいかないし、と迷っていると、

「薊先生、お館様はおれたちが見てるよ」

「何かあったら、あたしたちがすぐに知らせるわ」

と、姉弟が言った。

「……分かりました。よろしく頼みましたよ」

薊は二人に頷き返すと、階段を駆け下りていった。

（三）

「あの女の人、軽い凍傷があったけど、命に別状はないそうよ。あとは普通に看病してれば大丈夫だろうって、薊先生が言ってたわ」

女中の一人が、台所にいたすずに穏やかな声で伝えてくれた。それを聞いて、すずは自分の中で張り詰めていたものがふっと緩んだのが分かった。女性は気を失っていたから、もしや深刻な状態なのではとはらはらしていたが、心配は無用だったらしい。

「じゃあ、そういうわけだから、私たちは持ち場に戻るわ。すずちゃんも思い詰めな

いでね」

「はい。お心遣い、ありがとうございます」

すずは台所から出ていく女中に礼を言うと、そばに引っかけてあったたすきを手に取った。

（……さて、おらも自分にできることをしねば）

すずは一発気合いを入れるように袖をたくし上げ、たすきできゅっと結ぶ。

「すず姉ちゃん、ちゃんと手洗いしてきたぞ！」

「ぴかぴかだよ～」

そこへ、割烹着《かっぽうぎ》や前掛けをした子供たちが手のひらを掲げながら台所にやってきた。

「すずちゃん、すずちゃん」「こっちも、じゅんびばんたん！」

ご飯入りのおひつの周りにいた鬼火たちも、すずに声をかけてきた。そのうち一体が、

「うんしょ、よいしょ」としゃもじを持ってきて、すずに手渡した。しゃもじを受け取ったすずは、それを握ったまま、拳を上へと突き上げた。

「よしっ！　みんなで気合いを入れて作るぞ～！」

「おー！」

すずのかけ声に合わせて、子供たちと鬼火たちが一斉に声を上げた。

「鬼火さん、お塩を振ってくれるかな」

「がってん！」

おひつのふちに立った鬼火たちが「いっち、にい、さんっ」と数えながら、おさじに盛った塩を振り入れる。すずが塩とご飯をしゃもじで手早く混ぜ、軽くうちわであおいで冷ます。

「うめぼし、うめぼし♪」「たねとって♪」

「さけさん、さけさん♪」「ぽ～ろぽろ♪」

「うわ、すっぺー！」「兄ちゃん、つまみぐいするなよ～！」

ご飯を仕込んでいるすずの傍らでは、鬼火たちの唄に合わせて子供たちが梅干しと鮭の身をせっせとほぐしている。

「あ、やべ！　すず姉ちゃん、鬼火が持ってた梅干しが焦げた！」

「大丈夫だよ、焼いた梅干しは体にいいからね」

祖母はよく『梅は三毒を断つ』と言っていた。特に、焼いた梅干しは風邪によく効くのだという。塩引き鮭も病気を寄せつけないと言うし、何より旨味が普通の鮭とは段違いだ。

子供たちが準備した具を手にして戻ってくる頃には、ご飯もほどよく冷めていた。すずはご飯を茶碗で計り、具を中に包んで、ほっほっ、と転がすように握る。

「すずちゃんのおにぎり、さんかくで上手だね～」

「あたい、おかあの分つくる〜！」

「おれ、ばくだんにぎりにする！」

「あはは、お友達の分までご飯を取らないようにね」

すずの手本を見ていた子供たちが、僕も私もと押しかけて、しゃもじを手にご飯を握り始めた。その間に、すずは具のないおにぎりにふき味噌を塗る。

「やくのやる、ぼくがやる！」「じゅーじゅーしたーい！」

焼きおにぎりにする段階まで来て、我も我もと手を上げる鬼火たち。可愛くておかしくて、すずはつい笑ってしまう。

「はいはい、みんなで一個ずつ焼こうね。つまみ食いはなしだよ」

鬼火たちがふーっと炎の吐息を吹きかけると、ふき味噌の甘くて香ばしいにおいが台所に広がった。

できあがった三種類のおにぎりを笹の葉にくるめば、おにぎり弁当の完成だ。

「みんな、元気を出してくれるかな」

大神が床に伏せったことで、屋敷のあやかしたちの多くは落ち込んでしまっていた。あやかしたちの顔が見えないすずでも、不安や切ない気持ちを感じるのだ。すっかり暗く沈んだ空気を少しでも和らげたいとすずは考え、行動を起こしたのだった。

「大丈夫だよ、すずちゃん。みんな喜んでくれるよ！」

「おいしいものを食べれば、うれしくなるもんねえ」

子供たちがすずを勇気づけてくれる。彼らは、すずの呼びかけに賛同して集まってきたのだ。自分の友達や家族におにぎりを作ってあげるんだと、材料を持ち寄ってくれたのだった。

「そうだよね。よし、じゃあみんなでこれを配りに行こう！」

＊

「薊先生、朝からお疲れ様でした。これ、先生の分のご飯です」

休憩しに上階から降りてきた薊に、すずはおにぎりを差し出した。それまでぴりぴり張り詰めた空気をまとっていた薊は、おにぎりを持ってきたすずを目にして、ふわりと微笑んだ。

「わざわざありがとうございます。ちょうどお腹が空いていたところでした」

「あれ、なになに？　薊先生、何かもらったの？」

そこへちょうど、青梅と紅梅も通りかかった。すずは二人にもおにぎりを差し出した。

「はい、これ。みんなに元気を出してほしいなって思って、作ってきたんだ」

「本当？　やったあ、嬉しい！　すずが作ったおにぎりなんて絶対に美味しいじゃん！」

「なんかいいにおいがすると思ったら、これを作ってたのか。へへ、ありがとうな！」

二人にも喜んでもらえたようだ。久しぶりに二人の笑い声を聞いて、すずも嬉しくなった。

「なあ、すず。お前が手に持ってるやつ、どこかに届けるのか？」

「お館様の分なら、あたしたちが代わりに持っていくわ。ちゃんとすずが作ったって教えとく」

すずが持っていたもう一つのおにぎりの包みを指さして、二人はそう言った。すずは、

「ううん、これはおら……じゃなくて、私の分だから。大神様の分は、その、あとで体調がよくなったときに作るつもり」

と、やや早口に言う。

「そう？　ならいいんだけど。お館様の部屋には絶対近づけられないからさ」

「間違っても最上階には行くなよ。まあ、すずなら大丈夫だろうけどな！」

青梅と紅梅はそう言い残して、薊と共に階段を降りていった。足音が十分遠ざかったのを確かめて、すずはふうっと胸を撫で下ろした。

（危なかった……青梅ちゃんも紅梅くんも勘がいいなあ）

おにぎりの包みは隠すように持っていたつもりだったけれど、二人はめざとく見つ

けて、しかも先回りするように聞いてきた。大神の様子が気になって仕方がないすずの行動は、すっかり読まれているらしい。

（……確かに、寝ている大神様に話しかけるのはよくないな。そうっと置いてくるだけにしよう）

直接おにぎりを手渡せなくても、具合を悪くしている大神に少しでも気持ちが伝わればいい。人間が心を込めて作ったものは、神様にとって最高の贈り物だと、大神も言っていたし。

すずは鬼火に毎日連れていってもらっていた記憶を頼りに、最上階への階段へと向かった。ここの階段は普通に踏むと、木の軋む音が大きく鳴る仕組みになっている。すずは一番音の鳴りにくい手すりのきわを選んで、ゆっくりと歩いた。

（……やっぱり、ここだけ空気がすごく重たい）

最上階の空間は、まるごと冬の海底に沈んでしまったような静けさだった。暗い雰囲気で妙な圧迫感がある。

その中で、すずの耳は、誰かが呻いているような、ほんのかすかな声をとらえた。当然、ここにいるのは大神だけのはず——声はまるで手負いの獣のようで、明らかに普段の息づかいとは違っていた。

「……大神様？」

囁き声で話しかけると、細かった呼吸の音が、ふっと動きを見せた。

「っ！　……す、ず？」

大神は起きていたようだ。すずは襖越しに頭を下げた。

「お休みのところを申し訳ありません、大神様。お食事を持ってきました。お部屋の外に置いておきますので、体調がよくなったときにお召し上がりください」

おにぎりの包みを手近な場所に置き、それでは、とすぐに立ち去ろうとしたが、

「待て」

と、大神が少し慌てたような声で、すずを引き留めた。まるで、置き去りにされるのを嫌がる子供のようだった。もしかして、何か不安なことでもあるのだろうか。

「大神様、おつらいのですか？　薊先生を呼びましょうか？」

「いや、大丈夫だ。そうじゃなくて、ちょっとしんどいだけだから……」

大神の呼吸は苦しそうだ。大丈夫と言われても、さすがに心配になった。

すずがどうしようかと迷っていると、大神が唐突に咳き込んだ。何かを吐き出すような、喉やみぞおちをぐっぐっと突き上げられているような声だ。

「すず……ごめん。ちょっとだけ、中に入ってくれ」

「で、でも……」

「いいから。薊たちには、俺が命令したと言っておく」

大神にそこまで言われては、駄目とも言えない。すずはためらいながらも、部屋にそっと足を踏み入れた。途端、ほのかな鉄っぽいにおいが鼻をかすめた。

「大神様、まさか血を……！」

「ごめん、びっくりさせたな。げほ、けほ」

大神は襖の近くでうずくまっていた。すずのところまで這ってきたのだろう。こんな状態を想像していなかったすずは、酷く動揺していた。

「すまない。向こうの奥部屋に薬があるから……取ってきてくれないか」

「分かりました！」

すずは急いで奥の部屋へ向かった。敷居を踏み越え、薬を探そうとしたところで、はたと気づいた。

「あの、大神様」

薬はどこですか、と聞きながら振り返ろうとしたところで——すずは妙な空気の動きを、肌で敏感にとらえた。

「……大神、様？」

背中がじわりと熱い。背後——すぐ近くに、熱の元がある。鬼火たちは連れてきていないから、考えられるのは大神だけだ。

事実——大神は、すずの背後に立っていた。

「……？　……？」

すずは混乱した。先ほどまであんなに苦しそうにしていた大神が、どうして音もなく背後に立てたのだ。病人の足音や呼吸の音が分からないほど、自分の聴覚は鈍くない。

すずは声をかけようとしたが、喉や舌が硬直して上手く声が出せない。不可解な違和感が明確な恐怖へと変わったとき——すずの耳は、グル、と獣の唸り声のようなものをとらえた。

「きゃ⁉」

大神の手がすずの細い手首を掴み、グッと力をかけてくる。体幹もさほど強くないすずの体は、あえなく後ろへ転がった。

「大神様、何をっ——⁉」

すずが体を起こすよりも前に、大神が動きを封じてくる。当然、すずの力で大神を押し返せるわけがない。いや、それ以前に恐怖で体が硬直して、力を入れることすら上手くできなかった。

大神はさらに、すずの体をすっぽり覆い隠すようにのしかかってくる。呼吸が近い。体温が焼けるように熱い。

「グルル——」

「ひっ、や、やだ、いやっ！」

今、すず目の前にいるのは。大神であって、大神ではないものだ。大神らしからぬ獣――飢えた狼だった。

「――いやあああああっ!!」

――食べられる。そう思って、悲鳴を上げたとき。噛まれると思った、そのとき。

「ぐう、ウウウウウウウウ――ッ!!」

唐突に大神の拘束が解けた。同時に、すずの頬に一滴の生温かい雫が垂れる。

「大神様!?」

「ウウウウウウウウッ!! グウウウウウウ――ッ!!」

大神はすずに噛みつく寸前で、自分の腕に噛みついたらしい。がぶり、がぶりと何度も腕に噛みついては、苦しそうな唸り声を上げている。

下敷きになっているすずの顔や胸には、大神の腕から流れた血がポタポタかかっていた。

「しっかりしろ、お館様ぁ!!」

バン!! と大神の背後にあった襖が紅梅によって蹴破られた。紅梅はそのまま大神の背中に飛びかかったようだ。激しく揉み合う両者からは、聞き慣れたものとはほど遠い怒声が飛び交い、ドスンバタンと大きな物音を立てていた。

その隙に、部屋に潜り込んだ青梅がすずを助け起こした。

「すず、こっちへ！」

「で、でも、大神様が……！」

「あなたがいると余計凶暴になるわ！　わけはあとで話すから、早く！」

うろたえるすずの腕を青梅がぐいぐい引っ張った。暴れ回っている大神と紅梅に後ろ髪を引かれるような思いで、すずは部屋をあとにした。

（四）

「だから最上階には近づくなと言ったんです。子供たちならまだしも、まさか一番近づいてほしくない貴方が近づくなんて……」

「すみませんでした……」

鍵がかかる倉庫のような場所に避難したすずは、あとからやってきた薊にこってりと叱られる羽目になった。聞き分けがいいと思っていたすずが、よもや言いつけを破るとは思わなかったのだろう。

泣きそうな顔で説教を聞いているすずを、紅梅が「もういいだろ」と庇った。

「すずだって、こうして反省してるじゃん。そうやっていつまでもネチネチ言ってるから、お館様にハゲをいじられるんだよ」

「ハゲではありません、剃髪です。って、こんなときに貴方までお館様の冗句を！」

律儀に冗句に乗っかってしまった薊は、大きく咳払いをした。

「あ、あの……それで、大神様は今、どうされて？」

「安心しろ。薊先生の鎮静剤を打ったから今は落ち着いてる。一応、手枷《てかせ》もはめといた」

紅梅のとんでもない回答に、すずは仰天した。

「そんな、いくらなんでもそこまで……」

「これくらいしなきゃいけないのよ。お館様はこうなると自力で止まれないの。お館様はそれを見越してた。もし、自分がすずを襲ったら止めてくれって、事前に命令されていたの」

道理で、すずを救出するまでの二人の動きが訓練されたように円滑だったわけだ。すずは驚くと同時に、納得した。

「さすが大神様だぜ。力が強すぎて止めるのもひと苦労だ」

「激しく揉み合ってたもんねえ。お疲れ様だわ」

紅梅は揉み合いのさなかに頭をぶつけたらしい。青梅がねぎらうように弟の頭をさすっている。

「こうなったからには、ちゃんとすずにも事情を説明しなきゃよね」

「とはいえ、いざ説明するってなると、どこから始めればいいか分からねえな」

青梅も紅梅も、うーんと考え込んでしまった。しばらくして先に口を開いたのは、青梅だった。

「神様が神力を維持するために、霊力が必要なのは知ってるわよね？　普通、神様が十分な神力を得ようとするなら、供物に宿った霊力だけで事足りるわ。でも、最近は供物の質が落ちてしまって、お館様は十分回復できていなかった」

「はい。だから、私が毛づくろいをすることで補っていたんですよね」

すずが言えば、青梅がうんうんと頷く。続いて紅梅が口を開いた。

「じゃあ、ここからが新事実。お館様は元々、病を患《わずら》っているんだ」

「え……？」

ただでさえぐちゃぐちゃになっていた頭が、一周回って真っ白になった。すずは自分の耳を疑いながら、もう一度聞き返した。

「お館様は病のせいで神力の維持が難しいんだよ。すずが来てからは、毛づくろいでかなり安定していたけど、ここ最近の大雪で一気に調子が狂った」

あれほど強健な大神が病を抱えていたなど、すずには信じられなかった。そもそも、神様に病気という概念があること自体が驚きだった。

動揺と不安で困惑しきりのすずを見かねてか、ここでついに薊も口を開いた。

「場所を移してお話ししましょう。こんなところでは腰を落ち着けることもできませんから」

薊に案内されたのは、彼が寝床にしている作業部屋だった。足を踏み入れた途端、生薬のようなにおいがすずの鼻をくすぐる。大神屋敷の中にあるはずのこの部屋が、全く違う建物の内部のように思えた。

すずと姉弟は座布団に腰を落ち着けた。薊はお茶を煎れている間に、戸棚から何かを取りだしてすずに手渡してきた。冷たくて硬い、つるりとした陶器の感触——どうやら二つの茶器のようだった。

「お館様の病については、神力を溜める器が欠けている状態と言うべきでしょうか」

「器が欠けている？」

「ええ。触れてごらんなさい」

すずは指先で触って、茶器の形状を詳しく確かめてみた。ひとつは傷一つない新品だが、もう一つは割れた箇所に金継ぎを施して修復した物のようだ。

「……あ、こっちの直してあるほう、ふちが大きく欠けていますね」

「ええ。お気に入りの茶器でしたので金継《きんつ》ぎをしてもらったのですが、一つだけどうしても破片が見つからなかったのです。この欠けた茶器を、お館様のお体だと思ってください」

「！」

大神の状態が欠けた茶器と同じだと言うのなら、大神の体はつまり……

「大神様は、どこかが欠けているということですか？」

「ええ。お館様……いえ、ここでは大神様とお呼びしましょう。彼は五百年前から右目を失っています。そのせいで、神力を溜める器が小さくなっているのですよ」

つまりはこうだ。ふちが大きく欠けてしまった茶器にたくさんのお茶を注いだところで、すぐに漏れ出てしまう。同様に、大神は神力をたくさん蓄えることができない。神力を溜め込める最大量が限られていて、常にギリギリの量の中でやりくりしているのだ。

「大神様の右目を奪った犯人こそ、貴方を狙う物の怪――猿神なのです」

薊は三人にお茶を差し出しながら、昔話を淡々と語り出した。

（五）

遠い遠い、大昔。大神が『大神』と呼ばれる前の、照姫が天上の都に帰る前の、太古の時代のこと。

北国島のとある人里の近くに、三匹の猿の物の怪が住んでいた。猿たちは不思議な力を操って大風を起こしたり、作物を奪ったり、ときには近隣の村の人々を襲うなどして、悪逆の限りを尽くしていた。

猿たちの悪行に頭を抱えていた人々の元に、ある日、一頭の大きな狼がやってきた。

雪のように白い毛を持ったその狼は、

「どうしてそんなに暗い顔をしている。悩みがあるなら聞かせてみろ」

と、人の言葉で話しかけてきた。

驚いた人々が藁にも縋る思いで悩みを打ち明けると、狼は猿たちの行いに腹を立て、同時に村の人々に同情した。

「分かった。次に猿たちがやってきたら、俺が追い払ってやろう。代わりに、村外れに俺を住まわせてほしい。ほら、こうして人間の姿をとっていれば、猿たちも油断して俺に話しかけてくるだろうよ」

狼は美しい青年の姿に化け、村人たちに紛れて生活し始めた。その数日後、狼の目論見どおり、三匹の猿たちは人間に化けた狼に悪戯を仕掛けてきた。狼は猿たちにガブリと噛みつき、見事追い払ってみせた。

思いもよらぬ救世主の登場に喜んだ人々は、狼を「オオカミ様」と呼び、彼が住処としていた岩場に立派な社《やしろ》を建て、崇めるようになったのだった。

しかし、追い返された猿たちの心情は決して面白いものではない。逆上した彼らは、大嵐を起こして村人もろとも狼を殺そうとした。

狼はそれでも屈することなく、人々の味方であり続けた。狼は手傷を負いながらも、三匹いた猿たちのうち、二匹を食い殺した。惜しくも一匹だけ取り逃がしてしまったものの、果敢に立ち向かった彼を、人々は英雄として敬うようになったのだった。

驚いたことに――人々を命がけで守った狼の戦いぶりは、当時、国を治めていた照姫の目にも留まる。

照姫に守り神としての資質を見いだされた狼は、この地の守護を任され、やがて四島守護神が一柱・『北国島の大神』として、人々から崇められるようになった。

時は進み、今から五百年前――現世の人々が天下を争い、対立していた時代のこと。大神となった彼の元へ、一人の男が訪ねてきた。

遠方の村からやってきたその男は、大神に手を合わせながら語った。

「私の村に古くからいた土地神様が、ある年から突然、村の娘を生贄に寄越せと言い始めたのです。生贄を差し出さなければ嵐を起こされてしまうので、村のみなは従っていました。けれど、私はこの目で見たのです。土地神様のお社に、猿の物の怪が住み着いているのを」

大神から逃げ延びていた猿は、いつの間にか、密かに北国島の果ての地に舞い戻っていた。そして各地の村で土地神の名を騙り、生贄を食らい続けていたのだ。

「お願いします、大神様。どうか猿を追い払って、村をお救いください」

猿の卑劣な行いに憤慨《ふんがい》した大神は、男の願いを聞き、急いで猿の討伐へと向かった。

しかし——事態は大神が考えていたよりも深刻だった。生贄を食らい続け、人々の信仰を集め続けた猿の力は、太古の時代よりも遥かに強くなっていたのだ。

強大な力を持った両者の戦いは、非常に熾烈なものだった。群雄割拠《ぐんゆうかっきょ》と評されたこの時代の武士たちが、いっとき戦《いくさ》をすることを忘れてしまったほど苛烈だった。

当時の現世の記録によれば、彼らが争った地では暴風雨がひと晩中吹き荒れ、戦いのあとはあたり一帯が荒れ地と化した、と書き記されている。

＊

薊の語りがひと通り終わり、すずは呆然としていた。

「猿神は、大神様と互角の力を持っていたのですね……」

物の怪なのに『神』と名がつくことには、すずも違和感を覚えていた。しかし、大神と激しく争ったというなら合点《がてん》がいく。猿神は物の怪でありながら、神に匹敵する力を持っていたのだ。

「猿は土地神様になりすまし、嵐を起こして生贄を要求した。そして、『土地神様に生贄さえ捧げれば、自分たちは平穏に暮らせるのだ』という認識を村人たちにすり込み、密かに人々の信仰心を集めていたのです」

それがいつしか、『一人の生贄と引き換えに、その地を嵐から守ってくれる神様』と解釈されるようになってしまった。

単に恐怖されるだけでは所詮、物の怪の範疇《はんちゅう》。しかし畏怖をいだかれるとなれば、話は違ってくる。

「人は神がもたらす恩恵に感謝し、神が招く災禍《さいか》を怖れ、信仰するもの。猿が得ていたのは、人々の畏れと敬意——紛れもなく、神に対する信仰心だったのです。人を惑わし、信仰を集めてしまった物の怪は、悪しき神——すなわち『邪神』となります」

すずは、酷い……と小さく漏らし、嫌悪に顔をゆがめた。

土地神様の社に勝手に住み着き、神様のふりをして人々を騙すなんて、罰当たりも度を越している。生贄を要求するのも、要求のために人を脅すのも、実に狡猾《こうかつ》でいけ好かない。

「もちろん、戦いは大神様の勝ちだったんですよね？」

「結果的にはそうとらえてよいと思います。しかし、より厳密に言えば、引き分けと言うべきかもしれません」

「⁉　引き分けって……でも、大神様は生きてらっしゃいますよね？」

「ええ。大神様の体は猿神との戦いで一度ばらばらに壊れましたが、医術に長《た》けた南国島の蛇神様が、繋ぎ合わせて治したのです」

「動物とは違うのですから、肉体が破壊されたとしても大神様は死にませんよ」

薊があまりにもけろっとした態度で言うので、すずは混乱しそうだった。それこそ、

「ばらばらに……」

「割れても金継ぎすればまた使えますよ」と言わんばかりだ。

「ですが、右目だけは――猿神に、戦いのさなかに奪われてしまいました。そして、大神様は先述の病を抱えることになったのです」

「そう、だったんですね……」

なんて立派な方だろう、とすずは思った。

猿神との戦いのあと、大神は決して軽くない後遺症を抱えながら、五百年間も北国島を支え続けてきたのだ。神力を上手く維持しなければ、あっという間に体調を崩すという、不便きわまりない状態のままで……

「大神様は神力不足に陥りやすい体です。一定以上の神力を常に維持していないと、あのように体調を崩してしまいます。ですので、これまでは供物に加え、蛇神様が調合した霊薬から霊力を得て対処していました。けれど良質な霊力を持ったすず殿が現れたことで、状況は変わったのです」

すずは一日に一回、大神の毛づくろいをしていた。大神はすずから毎日、少量の霊力を分けてもらうことで、霊薬がなくても神力を維持できるようになったのだ、と薊は言った。

「しかし、今回の異例の大雪で均衡《きんこう》は一気に崩れました。毛づくろいだけでは間に合わないほど、大神様は極端に神力を削られています。こんなむちゃくちゃな芸当ができるのは、大神様の右目を持つ猿神だけでしょう」

大神を正面から攻撃するのではなく、彼が守る人里にあえて狙いを向けることで神力を消耗させる。邪神の名にふさわしい卑劣なやり方だ。

大神が体調を崩してしまった原因ははっきりした。しかし、すずにはまだ釈然としないことがあった。

「では、大神様はどうして私を襲ったのでしょうか？」

それに答えたのは、青梅と紅梅だった。

「削られた神力を補給しなきゃ、っていう衝動が働いてるんだよ。霊力が尽きた人間が死んじまうのと同じで、神力が尽きた神様は存在を維持できなくなる。大神様はすずを『食らう』ことで、神力を補給しようとしたんだ」

「それに、大神様は神力が極限まで減ると、理性のない獣のような状態になってしまうのよ」

すずは飛び抜けて質のいい霊力を持ったご馳走だ。飢えた獣に最高の獲物が近づいたのだから、襲われるのは当然である。

「でも……完全に理性が消えたわけでは、なかったのではありませんか」

あのときの大神に理性が全くなかったのなら、すずは今頃、噛みつかれて大怪我をしていたはずだ。そうならずに済んだのは。

「あのとき、大神様はご自身の腕に噛みついていました。私に噛みつく寸前で、理性が働いたのではないのでしょうか」

「ああ、あの右腕の怪我ってそういうことだったのか」

紅梅が右腕を指し示しながら言う。

「おれが止めに入ったとき、大神様の右腕がボロボロだったんだ。多分、何度も噛んだり、食いちぎったりして、必死に抵抗したんじゃないか」

「うそ、そこまでしてたの？」

すずを逃がすのに注力していた青梅は、紅梅の証言にぎょっと目を丸くした。

「その右腕の怪我も、神力が足りないせいで再生できていません。通常であれば、数秒で完全に治るはずですが」

「!?」

薊の言葉に、すずは自分の体から血の気がさあっと引いていくのを感じた。湯飲みを持っていた手から、ふっと力が抜ける。落とされた湯飲みは、一度膝の上に着地して、床の上でカチンと冷たい音を立てた。

「すず⁉　大丈夫？　顔が真っ青よ」

ふらふらと倒れそうになるすずを、青梅が支えた。

「ごめんなさい……私が、軽はずみなことをしてしまったから……本当にごめんなさい……っ」

ほんの軽い気持ちだった――だからこそ、すずは自分を許せなかった。自分が部屋に近づいてしまったせいで、大神は苦しみ、大怪我をしてしまったのだ。どうして、彼に近づくなという指示をもっと重く受け止めなかったのだろう。どうして、少しくらいならいいだろうと思ってしまったのだろう。

「貴方のせいじゃないわ、ちゃんと事情を話さなかったあたしたちが悪いの。大神様があんなふうになるなんて、想像しなかったんでしょ？　当たり前よ」

青梅が背中を優しくさすって慰めてくれるが、涙は止まらなかった。

これでは恩を仇で返したようなものだ。薊がすずに怒ったのも当然である。謝罪の言葉も見つからない。

「大神様と猿神は、共に憎しみ合う宿敵同士。すず殿に関与すれば自分も攻撃を受けることになる――その危険を承知の上で、大神様は貴方を匿ったのです」

これ以上、すずのことを責める者はいない。今回の出来事も、すべて大神は覚悟していた、と薊は言った。

「でも……」

小さく呟きながら、ふらふらと立ち上がろうとするすず。

「助けないと。私の霊力がなければ、大神様が……」

「！　よしなさい、すず殿！」

すずの考えていることをいち早く読み取った薊が、ひときわ大きな声を出して止めた。

「鎮静剤の効果が切れれば、大神様はまたすず殿を襲ってしまいます。今度こそ、本当に食べられてしまいますよ」

「でも、私が霊力を捧げなければ大神様は消えてしまうんでしょう。だったら、行かせてください」

「私には、大神様のご命令を守る義務が――」

「先生は大神様の命令と、大神様の命と、どちらが大切なんですか？」

「ッ！」

すずが放った鋭い言葉に、胸の痛そうな表情を浮かべる薊。しかし目の見えないすずは、そこから薊の心情を察することができなかった。

「大神様は今も苦しんでいて、私が霊力を捧げれば、それは解消される。なら私が行くべきでしょう。先生はそれでも止めるんですか？　大神様がこのまま苦しみ続けてもかまわないというのですか？」

「かまわないわけがありますか！」

薊が耐えかねたように叫んだ。着物の衿《えり》を握りしめ、顔をゆがめている。

「何かを犠牲にしなければならない瞬間は、必ずくるものです。なら、そうするべきでしょう」

すずを大事にしたい大神の気持ちも、それを尊重しようとする薊の気持ちも、分からないわけではない。しかし、それに甘んじていられる事態ではもうないのだ。

すずは絶対に譲るものかと前のめりになりながら、主張した。

「このままでは、大神様もふもとの村も助からないのは目に見えています。疲弊した大神様を猿神に攻撃されれば、もっと酷いことになりますよ」

「それ、は……」

薊が苦悶《くもん》に満ちた声で唸った。けれど、すずは心を鬼にした。

「これ以上、猿神の好きにさせるわけにはいきません。大神様にも腹をくってもらわなければ」

不思議なことに、すずの決意は、言葉を放つたびに強固なものになっていった。最初はこわごわ立ち上がったはずなのに、今は両足が大木の幹のようにしっかりとしている。

「でも……あたしたちだってすずが死ぬのは嫌よ！　屋敷のあやかしたちだって、きっとすごく悲しむに決まってる！」

青梅がすずの袖にしがみついた。今にもわっと泣き出しそうな涙声だ。

「本当に優しいんですね、ここのみなさんは」

すずは青梅の手をそっと取ると、笑顔を見せた。作った笑みではなく、自然と浮かんだ微笑みだった。けれど青梅は、場違いなまでに晴れやかなその笑顔に戸惑った。

「どうして、そんなふうに笑えるのよぉ……」

「幸せだからですよ」

誰かから「死なないで」と止めてもらえるなんて、実に幸福な話だ。あの村で受けてきたゴミのような扱いが、嘘のようだった。

「大神様やここのあやかしさんたちに恩返しができるなら、私は喜んで生贄になりますよ」

なんのことはない。猿神の嘘だったとはいえ、すずは本来、大神の生贄としてやってきたのだ。当初果たされるはずだった目的を、今ここで果たすだけだ。

「ありがとうございます。今までお世話になりました」

部屋をあとにするすずをこれ以上引き止めようとする者は、いなかった。ただ青梅のすすり泣く声が、すずの胸に引っかかった。

（六）

鎮静剤のおかげで、混沌としていた頭の中がだいぶ落ち着いてきた。後ろ手に手枷をはめたまま、浅く呼吸をして、大神は静かに思考した。

（くそ……すずの気配を近くに感じただけで、ああなるなんて。いよいよまずいところまで来たな）

この衝動に従わなければ、自分は力尽きてしまう。もはや、すずを生贄にするしか方法がないのだ――頭では分かっている。けれど、大神は未だに決断ができずにいた。こんなギリギリの状態になるまで葛藤していたのは、大神がすずを気に入りすぎていたからだ。

（どうして、よりにもよってすずなんだ）

すずではない他の人間が生贄だったなら、大神はもっと早い段階で決断し、衝動に任せて食らうことができたかもしれない。あんなふうに衝動に逆らって、腕に噛みついてまで抗ったのは――

「大神様？　起きていますか？」

「——！」

部屋の外からすずの声が聞こえて、大神の意識は現実へと引き戻された。襖の向こうから、すずの気配とにおいを感じる。

少し間を置いて襖が横に動いたので、大神はすかさず、

「入るな」

と短く言った。

「今お前を視界に入れたら、何をするか分からない。まともに話せなくなるかもしれない」

鎮静剤が効いているとはいえ、襖を挟んだ向こう側にすずがいると思うだけで、手足がうずうずしているのだ。危険な状態であることに変わりはない。

「……なんの用で来た」

答えなど分かっているようなものだったが、それでもあえて大神は聞いた。

「大神様、私を生贄にしてください」

やっぱりそれか——予想と寸分違わぬ答えを、大神は嘆かわしく思った。

先ほどは不測の事態に驚いて怖がっていたけれど、それさえなければ、状況を理解すれば、すずは必ず自分を捧げに来る。大神には分かっていた。

「貴方に私などの身を案じていただけたことは、嬉しく思います。けれど、もう一刻の猶予もないところまで来ているのでしょう」

「そうだな」

変な方向にばかり思い切りがよくて、困ってしまう。けれど、それも彼女のいいところだと知っているから、大神は切なかった。

「……なあ、すず。俺がずっと救いたかったのは——何よりも一番救いたかったのは、お前だったんだ」

「え？」

襖越しのすずの声は、「唐突に何を言い出すのだろう」と言いたげだった。それはそうだろうな、と思いつつ、大神は続けた。

「ずっと黙っていて、すまなかった。俺は幼い頃から、お前を知っていたんだ。……トキが俺の神社を訪ねてきた日から、ずっと」

重く沈んでいた空気の流れが、ほんの一瞬、ぴたりと止まったように感じた。襖の向こうから、はっと息を飲む音が聞こえる。

「ばあばの、名前……？」

すずの声は震えていた。自分の中の罪悪感が、ずっしりと重みを増す。

「トキは昔、お前を守ってくれと、俺にお願いしに来たんだよ」

＊

大神の脳裏に浮かんだのは、十数年前の春先の記憶だった。

大神が久々に山を降りようとしたある日、中腹に建てられた神社の拝殿の前に、おにぎりがぽつんと一つ供えられているのを見つけた。

一体どうして、とそのときの大神は首を傾げた。

（今年の祈年祭《としごいのまつり》はもう終えたし、田植えもほとんど済んでいるはず。五穀豊穣の祈祷をしに来たにしては、遅すぎるな）

個人的な願いをしに、ふもとの村人がやってきたのだろうか。だとしても、祭りでもなければこんな悪路など歩きたくもないだろうに、奇特なものだ。と、大神は思った。

どれどれ、と大神は供えられたおにぎりを手に取ってみた。ふき味噌《みそ》を塗った玄米のおにぎりは冷めていたものの、まだ硬くはなっていない。やはりふもとの村の農民が供えていったのだろう。

齧《かじ》ってみると、これがなかなか美味かった。子供が好みそうな甘めの味噌に、玄米の香りがぴったり合っている。儀式のときに食べる神饌《しんせん》とは違い、庶民的で温かみのある味だった。

こんな美味いものを供えていったのは誰だろうと、おにぎりを持った手にじっと意識を集中させた。しばらくしてまぶたの裏に浮かんできたのは、両手を擦り合わせながら祈る老女の姿だった。

『大神様、大神様。いなさりますか。おれはふもとの村に住む、トキといいます。どうか、お願いを聞いてくだされ。どうかどうか、おれの孫たちをお守りください』

トキと名乗った老女は固く目を閉じ、手を擦り合わせ、一心不乱に祈っていた。

『娘夫婦がいのなって、孫まで失ってしもうたら、おれにはなんにものうなってしまいます。どうか、どうか、あの子たちには明るい未来をお与えください。お願いします、お願いします……』

トキの身なりは、決していいものとは言えなかった。つぎはぎだらけの薄汚れた着物、削ぎ落としたかのようにこけた頬、ちりちりに乱れた白髪――ひと目見たら山姥《やまんば》と言われてしまいそうな見た目で、酷くやつれていた。彼女自身、相当な苦労をしたのであろうことは、想像に難くない。

さらに意識を傾け続けると、トキは自身の孫について語りだした。

『上の子はヒノと言います。小せえ頃に親を亡くして、しんどい思いばかりさしてしもうて、ねじけてしもうた……だども、本当はいい子なんです。下の子はすずと言います。目が見えなくて、意地悪されて、そいでも健気に頑張ってる、ごーぎな子です。

結婚できんでもいい、苦労させた分、せめて幸せに長生きしてほしいんです』

そして、最後に――トキは口惜しげに懺悔《ざんげ》し始めた。

『悪いのはおれなんです。あのとき、娘夫婦をお参りに行かせていなければ、こんげひでえことにはならねかったんだ……。ヒノがねじけてしまったのも、すずをかばいきれねえのも、全部おれが至らなかったすけ、孫たちに恨まれたってもしょうがねえ。おれにはもう、こうすることしかできねんだ……』

大神は意識を現実に戻して、ふー……と長く細い息を吐き出した。

(おにぎりを一つ用意して、ここまで登ってくるのも難儀だっただろうに)

トキは見るからに貧しい身の上だった。たった一つのおにぎりが、彼女に差し出せる精一杯の対価だったに違いない。孫たちの安寧《あんねい》を祈るため、老体に鞭《むち》打ち、たった一人で悪路を歩いてきたのだ。

「……見に行ってみようか」

大神はトキのおにぎりを平らげると、人の姿から狼の姿に変わり、山の傾斜を駆け下りた。

トキのにおいをたどってしばらくして、大神の耳は子供の叫び声をとらえた。なんだと思い、よくよく耳を澄ませば、節がついているようにも聞こえる。どうやら唄を唄っているようだ。

においと唄声を頼りにたどり着いたのは、照日ノ国で最も長いと言われる川のほとりだった。大神は茂みに身を隠しながら周囲を見渡した。

（……あれが孫娘の一人か？）

見つけたのは、石の上に腰をかけているトキと、その向かいに座る幼女の姿だった。

「ばあばぁ〜、おててがいたいよう。もうつかれたっけ、おうちにかえろうよう」

幼女が手にしていたのは、子供用の小さい三味線だった。棹を押さえる左手の指には包帯が巻かれており、その上から赤い血がにじんでいた。

「まぁた甘ったれたこと言って！　そんげこと言うたったら、おめさんの唄なんか神様のいなさるとこまで一生届かねえて！」

五歳かそこらの幼女が痛がっている姿は、遠くから見ているだけの大神でさえ可哀想だと思うのに、トキは厳しい物言いで彼女を突き放した。

（おいおい、いくらなんでも孫に厳しすぎねえか……）

指だけではない。声もガサガサに枯れているし、着ているものも春先にしては薄すぎる。おそらく修行の一環なのだろうが、これはあまりに過酷だ。

子供好きの大神は口を挟みたくてたまらなかったが、神はあくまで見守る立場だ。ただ静かに二人のやり取りを見ているしかなかった。

「むうう、わかったよう……」

孫娘の返答に、大神はさらに面食らった。

(いや、お前も続けるのかよ！　さすがにこれは泣いても許されるだろうに)

弱音の一つやふたつ、吐くことはあるだろう。それでも、こんなにすぐに気持ちを立て直せる子供などそうそういない。泣きも喚きもせずに我慢するなんて、すごい根性だ、と大神は思った。

どうしてそんなに頑張れるのかと、甚《はなは》だ疑問だった大神だが、その答えは二人のやり取りをしばらく見ていて分かった。

「いいか、おめさんは今のうちに芸を身につけていかねばならねえ。目が見えねば、幸せな結婚なんて望めねんだ。悪い男にいいようにされっちまう。一人でも生きてけるよう、今から強うなるんだ」

「もう、わかってるよう！」

「分かったったら『はい』だけでいいんだ」

「はあい」

大神は孫娘の目が布に覆われていることに、このとき初めて気がついた。

(そうか、あの子は下の孫娘か)

同時に彼女を不憫に思った。盲目という枷を背負っている以上、この孫娘は人並み以上の苦難を経験せざるを得ない――そう分かったからだ。

だからトキは、孫娘が最低限生きていける手段を今から叩き込んでいるのだ。この孫娘に自分のすべてを懸けているのだ。そして孫娘も、薄々ながらそれを理解しているのだろう。

（……偉いな、あの子）

そんじょそこらの子供とは明らかに一線を画していた。

大神はそんなことを考えながら、物音を立てないよう、こっそり体勢を変えた。

「！　ねえ、ばあば。いま、むこうのほうからおとがしたよ。しゃりん、って」

……つもりだったが、うっかり腰につけた熊鈴を鳴らしてしまった。孫娘はその僅かな音をしっかりと耳でとらえた。目が見えないせいなのか、ずいぶんいい耳を持っている。

「むう。村の誰かが通ったたかね。文句をつけられたったらうまくねえな」

トキはどっこいせと石から腰を上げると、孫娘に「ついてこいて」と促した。孫娘は「はあい」と素直に返事をすると、差し出された祖母の手を握って甘えだした。

「えへへぇ、ばあばはいっつもおてがあったけえね。おら、ばあばのおてですきだなあ～」

「婆の手が好きなんて、変わった子供だね、おめさんは」

口調こそ素っ気ないが、トキの表情はまんざらでもなさそうだった。厳しく接している孫娘から純粋に甘えられて、喜んでいることは間違いなかった。

＊

「トキが訪ねてきたあの日から、俺は時折、お前の様子を見に行っていたんだ」

村人や姉から心ない扱いを受けていたことも。文句一つ言わず、厳しい修行に耐えていたことも。誰もいない場所で一人、こっそり泣いていたことも――大神は知っていた。

「神力が弱って、現世に行きづらくなってからも、お前の唄を毎年聞いていた」

屋敷の最上階で、冬の山々に響く唄声にじっと耳を澄ませるのも、大神の日課だった。年々研ぎ澄まされていく唄声の持ち主に、想いを馳せなかった日はない。

「どうして、黙っていたんですか？」

しばしの沈黙のあとに、すずは小さく囁くような声で言った。大神は砂を飲んだかのような喉の渇きを覚える。

「……お前に恨まれるのが、少し怖かった」

「恨まれる、とは？」

「どうして、もっと早く助けてくれなかったんだって、言われると思った」

トキが生きている間は余計な手出しをすまい、と見守りに徹していたが、トキが亡くなったあとはすずを迎えに行くことも考えていたのだ。けれど。

「ここ数年は力が弱っていたせいで、現世と隠世の境界を越えられなかったんだ。どうしても、境界から先に進めなかった」

トキの死を知ってからも、大神は現世に行けずじまいで、歯がゆい思いをしていた。

青梅と紅梅にも、現世にいるすずの様子を見てくるように命じたが、なぜかすずは見つからない。

毎日聞こえていた唄も途絶えてしまって、大神は恐ろしくなった。

「けど、あの日――急にすずの気配が近くなったのを感じた。現世と隠世の境界近くに建っている、神社の拝殿にいると分かった。だからすぐに向かったんだ」

何度かの挑戦の末にようやく境界を越え、拝殿に閉じ込められていたすずを目にしたとき――心臓が凍りついたのを、大神は今も鮮明に覚えている。

最悪の予感は的中してしまった。激しく虐げられたすずは、心も体もボロボロにされた状態で、村から捨てられていたのだ。

「迎えに行くのが遅すぎた。お前が酷い目にあっている間、俺は何もできなかった」

気を失ったすずを連れ帰る間、大神は何度も叫びたい衝動に駆られた。残忍な村人たちに対する、恐ろしいほどの怨嗟を。苦痛に耐え続けるしかなかった、少女の悲しさを。見守るだけで何もできなかった、己の無力さを。そのすべてを呪った。

自身が神でなければ、大神はすずを虐げた者たちを惨殺しただろう。しかし、守り神である彼に、そんな暴挙は許されなかった。

「お前を救えなかったうえに、お前の無念を晴らしてやることもできない。そんな神に恨みを覚えるのは当然だろう」

いつの間にか心を寄せていた少女に恨まれてしまうのが怖かった。……なんて、とんだお笑い草だ。

「恨みなんてありませんよ」

けれど、大神の予想を、すずはあっさり否定した。

「だって、大神様は私を救ってくださったじゃないですか」

「っ！」

すずはそう言って、二人を隔《へだ》てていた襖を開けて部屋に入ってきた。すずのにおいを濃く感じて、大神は身構えた。

「私はもう十分救われましたよ。今までつらい思いをしてきた分、こんなにたくさんの幸せを頂いたんですから」

すずは微笑んでいた。悲しみなど一切ないと言うように笑っていた。

「そんなはず、ない。この程度で、お前は救われたと、本気で思っているのか？」

「思っていますよ。本気で」

なんて無欲なのだろう。これまでずっとつらい思いばかりしてきたのだから、もっと幸せを求めてもいいはずだ。なのに、ひと月にも満たない幸せを与えられただけで、すずは満足そうな顔をしている。

「だから恩返しに命を捧げることくらい、なんてことないですよ」

大神はしばらく黙り込んでから――すべてを投げ捨てるように、深いため息をこぼした。

「生贄として命を差し出すことは、代償としてはまだ軽いほうだ。俺の状態はもう、その程度の生贄じゃ足りない。永久に生贄になってくれる存在――『贄《にえ》の番《つがい》』が必要なんだ」

「贄の番？」

すずは初めて耳にした言葉を反芻する。

「契約した神のために霊力を供給し続ける生贄だ。贄の番になれば死ぬことができなくなる。転生して新たな命に生まれ変わることもない。その神が力尽きて消えるまで、魂を拘束されることになるんだ」

ことさらに来世に救いを求めていたすずにとっては、死ぬことよりも重い代償のはずだ。今生がつらくても、死ねば次の世に生まれ変われる――そんな希望を抱くことができなくなってしまうのだから。

「……そうですね。それは確かに、つらいかもしれません」

すずはここで初めて表情を曇らせた。けれどすぐにまた笑顔になって、彼女は言う。

「大神様のおそばにいられるのなら、きっと大丈夫です」

曇りなき笑顔で、言う。

「私は、大神様をお慕いしていますから」

大神はそう言い切るすずを見て、もう一度、長い長いため息をついた。

「お前には、普通の人間として幸せになってほしかったんだがなあ……」

全く、度胸がよすぎるのも考えものだ。

大神は手枷がはめられた手にグッと力を込めた。鉄製の手枷がミシミシ、ガチガチと音を立てて少しずつ変形していく。やがて金具がはじけ飛び、大神の腕にまとわりついていた部品が、ガチャン！　と音を立てて壊れた。

「こら、すぐに着物を脱ごうとしない」

そして、目の前でなんのためらいもなく着物を脱ごうとしていたすずを止めた。

「え？　でも、こうしないと食べられませんよ？」

「贄の番は食べる必要なんかない。俺に首筋の肉をほんの少し捧げれば、契約が成立する」

「……それだけですか？」

すずは拍子抜けと言わんばかりの表情を浮かべた。

「ちゃんと意味はあるぞ。そんな場所を噛ませるなんて、信頼関係がないとできないことだからな。お互いに同意の上で契約したという証明になる」

「なるほど」

すずは納得すると、すぐさま大神に背を向けた。下ろしていた髪をどけ、着物の衿を緩め、白い首筋を大神の眼前にさらした。

鎮静剤で衝動は落ち着いているとはいえ、やはり霊力には飢えている。大神の喉がごくりと上下した。

「……痛いけど、我慢してくれ」

大神はすずの肩に手を添えると、首筋にがぶりと噛みついた。

「うう っ……ぐ……っ!!」

大神の牙がすずの皮膚を破り、中にズブズブと食い込んでいく。すずは着物の袖をグッと噛み、じっと痛みに耐えた。

首筋の肉をほんの少しかじって穴を開け、漏れ出たすずの霊力を取り込んだ。すると呻いていたすずが、ゆっくりと脱力していった。牙を離すと、すずの体は支柱を失ったようにぐらりと傾いた。

「……ありがとう」

大神は意識を手放したすずの体を抱き寄せて、抱きしめた。

（七）

目を覚ますと、ふかふかの毛並みが頬に当たった。毛並みの奥から感じるのは、とくん、とくんという規則正しい拍動。それと、嗅ぎ慣れた獣のにおい。

（……ああ、よかった。大神様、助かったんだ）

大神はすずを抱きしめて布団の中で眠っていた。彼の穏やかな寝息を感じながら、すずは安堵した。

あたりはとても静かだった。あやかしたちの声や足音は聞こえない。障子《しょうじ》の隙間からは夜露のにおいがした。

（大神様、獣の姿になってる。……もしかして、おらを温めてくれてたのかな）

もこもこの毛並みにそっと触れたり、顔を埋めたりしながら、すずはぼんやり思った。

（大神様は、ずっとおらを大事にしてくれてたんだな）

ここに来てまだひと月も経っていないのに、すずの脳裏にはいくつもの温かい思い出が浮かんでくる。女中たちとだべりながら仕事にいそしんだり、子供たちと唄を唄ってたわむれたり。時折おしゃれを楽しんだり、里に遊びに出かけたり。何気ない日から特別な日まで、すずの毎日は幸せであふれていた。

すべて大神が与えてくれたものだ。彼はすずが知らなかった『普通の日常』を、屋敷での生活を通して教えてくれた。

（このひとが助かって、よかった）

すずは改めて感じた。誰よりも自分を想ってくれたこのひとを助けられて、本当によかったと思った。

「ん……すず？」

すずがもぞもぞと身動きした拍子に、大神が目を覚ます。

「あ、ごめんなさい。起こしてしまって」

「いや、いいんだ。気にするな」

大神は、くぁ、とあくびをすると、すずの頭を優しく撫でてくる。ふわふわの毛に覆われた手が気持ちよくて、とろんと柔らかい気分になる。

「首の傷はどうだ。まだ痛むか？」

「……いいえ、痛くないです」

というか、気にもしていなかった。頭がぼんやりしていたのもあるが、すずは首筋を噛まれたことを今の今まで忘れていた。傷を確かめようと、すずは首の後ろに手を伸ばした。

「……包帯？　これは？」

「薊に処置してもらった」

首に巻かれた包帯に触れて、すずは薊やなまはげの姉弟を悲しませてしまったことを思い出した。

「あの、先生たちは……」

「心配いらない。ちゃんと事情は説明した。薊と紅梅は安心してたし、青梅は『よかった～！』って号泣してた」

「うう、申し訳ない……」

仕方がなかったとはいえ、泣きながら止めてくれた青梅を振り切るのは本当につらかった。断腸の思いとはまさしくこういうことだと思ったくらいだ。

「首の傷、見ていいか？」

「はい、どうぞ」

すずが体を起こすと、大神は首の包帯をほどいて緩めた衿の内側を覗き込んだ。

視線や呼吸を感じて妙にドキドキしてしまうのを悟られないように、すずはなるべく平静を装った。

「うん、ちゃんと印《いん》になったな」

「印？」

「契約を交わした証《あかし》だよ。お前は無事に俺の贄の番になったってことだ」

「触って確かめてみろ」と大神が言うので、すずは首の後ろに手を伸ばして触れてみた。ちょうど大神が噛みついたあたりに、かさぶたのざらついた感触がある。

「これは……お花の形ですか？」

「そうだ。契約する神によって印の形は変わるらしいが、俺は梅の花らしいな」

かさぶたは、指先でちょんと触れたくらいの大きさのものが五つ、綺麗に輪を描くように並んでいた。その中心にぽつんと小さなかさぶたもあって、確かに梅の花のようだ。

「らしいな、って……大神様も初めて知ったのですか？」

「ああ。贄の番をとったのは、俺も初めてだったからな。そもそも、『番』なんて言うくらいだから、そうそう何人も取るもんじゃない」

「……え？　あの、番って、あれ？　言葉のあや、みたいなものではなく……？」

「そのままの意味だよ。雌雄《しゆうい っつい》一対、人間の言葉で言えば夫婦《めおと》ってことになるな」

「めお……」

めおと。めおと。めおと。めおと。――と、まるで鐘の音が反響するように「夫婦」

という言葉がすずの頭を繰り返し殴りつけてくる。

数秒ほど呆けたのち、すずの体温はぎゅーんと急激に上昇し始めた。

（じゃ、じゃあ……おらはあのとき、大神様に「嫁にしてくれ」って頼んだことになるのかあ——っ⁉）

神様を相手に、なんてはしたないことをしてしまったのだ。しかも、あの場で愛の告白までして。告白と求婚をいっぺんにしてしまったのだ。

恥ずかしいやら恐れ多いやらで、すずは「ぎゃー！」と絶叫したくなった。

「それに『贄』も色々と解釈が分かれる言葉でな。場合によって意味が食べ物になったり、嫁になったり——」

大神が親切に解説しているが、当然、内容は全く頭に入ってこない。

「すず？　どうした？」

「いえ……大神様に、こんな芋娘を嫁にしてくれと言ってしまった自分が恥ずかしくて……」

「そうか？　俺は嬉しかったぞ」

日に当てた鉄板のように熱々なすずの頬に、大神の手が触れた。自分の産毛と大神の毛が触れあって少々こそばゆい。

「ずっと見守ってきた女の子が、そんなふうに言ってくれたんだから、神様冥利に尽きるってもんだ」

「……大神様、なんだか親戚のおじさんみたいです」

　事実、太古から生きている大神からしてみれば、十六歳のすずなど幼子のようなものだろう。しかしその物言いでは、子供の成長を喜んでいる中年みたいだ。好きな人から子供扱いされるのは、乙女として複雑な心境である。

「そういえば、すず。お前、食事を持ってきてくれたんだよな。薊や青梅たちが机の上に置いといてくれたみたいだが」

　大神の言葉で、すずは「あっ」と思い出した。昼間に持ってきたおにぎりのことをすっかり忘れていた。

「腹が減っちまった。あれ、一緒に食べるか。この極寒なら傷んでないだろうし」

「え!?　い、いいですよ！　あれは大神様のために作ったものですし」

「いやいや、食っとけって。お前、ほんの僅かとはいえ、俺に血肉を捧げているんだから」

　大神は布団から這い出て、部屋の隅にさびしく置かれていたおにぎりの包みを持ってきた。

「新聞と笹の葉で包んでたから、ほこりは被ってないと思うけど。気になるならやめとくか？」

「気にはしませんけど……」

正直、お腹も空いているし、何か食べたい気持ちはある。しかし大神のために用意したものを奪ってしまうのも気が引けて、すずはなかなか手が出せなかった。

すずがためらっていると、大神はおにぎりを一つ手に取り、半分に割って齧《かじ》りついた。

「ん、うんまい。大丈夫、傷んでないぞ。ほら、口開けて」

「え、あ、でも――むきゅっ」

もう半分のおにぎりで口を塞がれてしまったので、すずも大人しくおにぎりをひと口かじった。

「このふき味噌は、すずが握ったやつだな？」

「よく分かりましたね」

「トキに供えてもらったおにぎりと味が似ているからな。作り方、教わったのか？」

「教わったというより、記憶にある味を再現したと言うほうが近いですかね」

味噌を仕込んだのはお銀だ。

すずはお銀の手を借りながら、記憶にある祖母の味に近づくように調整しただけである。

大したことはしていないとすずが謙遜しようとしたところで、大神がいきなり笑い出した。

「んっ、ふふ！　なんじゃこりゃ！　鬼火たちも一緒に作ってたのか⁉」

「それも分かるんですか？」

「分かるよ。俺は供物を食うと、作った人や供えた人の像が頭の中に浮かぶからな。にしても、全身で抱きつきながらおにぎりを炙るとは、なかなか斬新だなあ」

「んっ、ふ！　なんてことしてるんですか、あの子たちは！」

　まさか、そんなへんてこな光景があったとは、とすずも思わず噴き出してしまいそうになった。子供たちが時折盛大に笑っていたから何をしているんだろうとは思っていたが、もしやその光景を見て笑っていたのだろうか。

　大神はそんなふうに、おにぎりを作っている光景を見ながら、一粒一粒を噛みしめるように味わってくれた。

「ごちそうさん。……これ、三日夜餅《みかよのもち》みたいだな」

「みかよのもち？　とは？」

「千年くらい前の現世で行われていた、婚姻の儀式だよ。男が三日間、女の元に毎晩訪ねて、三日目の夜に一緒に餅を食うことで婚姻が成立する、というものらしい」

「……‼」

　三日は通っていないし、性別も逆だが、確かにやっていることは似ている。すずは大神の元へ「嫁にしてくれ」と訪ねたわけだし、契りを結んだあとはこうして同じご飯を分け合って食べた。

すずはそれに気づくと同時に、またしても、ぎゅーんと顔が熱くなっていくのを感じた。

「大神様……その豆知識は、あえて今、言ったんですか？」

「あ、ばれた？」

大神の声がほんの少し笑っている。明らかにからかわれていた。

すずが面白くないと頬を膨らますと、大神はごめんと軽く謝りながら、すずの肩を抱き寄せた。

「自分じゃそんなつもりはなかったんだが……きっと俺は、どこかの時点でお前に惚れちまってたんだな。子供でもなく、大人でもない――ひとりの女の子として」

すずの額に大神の鼻先が当たった。ちょんと触れる感覚がくすぐったくて、つい身じろいでしまう。

「すず、ここにいてくれるか。俺が消えるときまで、ずっと」

「……はい。貴方がお望みなら、喜んで」

「あっ、じゃあ毛づくろいもしてほしい。すずの毛づくろいがあったほうがもっと頑張れるから」

「ふふっ、いいですよ」

毛づくろいのことを慌てて付け加えてきたのがおかしくて、すずはつい笑ってしまった。うっかり「可愛い」と口にしてしまいそうになって、ぐっとこらえる。

大神の胸にそっと頬を寄せると、大神はすずを甘やかすように髪を撫でた。幸せなぬくもりに包まれて意識がまどろんできた、そのときだった。

「ぎゃああああああああっ！」

というけたたましい悲鳴が、二人の甘い空気を盛大にぶち壊した。

「なんだあっ？」

夜中の屋敷に響き渡った大音量には、さすがの大神も驚いたようだ。すずは畳にぴったりと耳をつけ、下の階の様子をうかがった。

女性の金切り声と子供たちの甲高い声。時折、大人の怒号。そして廊下を慌ただしく駆け回る音。ドタバタと重みのある足音で、明らかに子供たちがふざけている感じではなかった。

さらに耳を澄ませると、

「触らないでよ、化け物！　なんなのよ、ここはぁ!!」

とあやかしたちを罵るような台詞が聞こえた。

途端、すずはぎゅうっと喉を締め上げられたような苦しみに襲われた。体温を全部引っこ抜かれたような悪寒を感じた。

「お銀から人間を保護したと報告を受けていたが、もしかしてそいつの声か？」

「あ、あ……いや……なして……」

「……すず？」

すずが震えているのに気づいた大神は、彼女の肩をさすって慰めようとした。しかし震えはどんどん酷くなるばかり。冷や汗が浮かんで、ぎゅううっとお腹が痛くなってくる。

「あねさの、声……」

「⁉」

すずはこのとき、人生で一、二を争うほど、自分の盲目を恨んだ。早朝、お銀と二人で助けた人間の女性は、自分を散々虐げ、生贄にした張本人――ヒノだったのだ！

（なしてだ……⁉　なして、あねさが、隠世まで来たんだ……！）

目が見えていれば。あるいは、ヒノがあのとき、一言でも声を発してさえいれば。

決してヒノを屋敷に連れて帰ろうなんて言わなかった。

すずは愚かにも、安全地帯へわざわざ鬼を連れ込んでしまったのだ。

「待ってろ。話をつけてくる」

大神はその場に立ち上がると、自身の姿を獣から人間に変化させた。

「すぐに戻るから、ここで寝てな」

「だめ、待って、大神様っ――」

すずの制止が届いたかどうか、大神は階段を駆け下りていってしまった。

（だ、大丈夫……！　大丈夫、大神様がなんとかしてくださる。大丈夫。大丈夫。大丈夫……）

取り残されたすずは、何度も自分にそう言い聞かせて、心を落ち着けようとした。

……なのに、どうしてこんなに不安なのだろう。どうして、胸騒ぎが止まらないのだろう。

「すずちゃん、すずちゃん！」「だいじょうぶ？」

やっぱり駄目だ、とすずが部屋から飛び出して大神を追いかけようとしたところで、部屋の外にいた鬼火たちが声をかけてきた。

「鬼火さん！　お、大神様がいのなったって……！　おらも早く、い、行かないと！」

不安と混乱でまともに声が出ない。おどおどしているすずの周りに、鬼火たちがふわふわ集まってくる。

「こわくないよ、こわくない」「おちつこ、ね？」「しんこきゅ～、しよしよ」

鬼火たちの「すって～、はいて～」というかけ声に合わせ、すずは深呼吸を繰り返す。なんとか心を落ち着けたところで、すずは、

「鬼火さん、私も下に行く！　案内して！」

と、鬼火たちを肩に乗せて足を速めた。

## 四章　春雷来たりて

### （一）

「お館様あっ！」

「助けてぇ！　怖いのが来る！」

下の階へ降りた大神の元へ、あやかしの子供たちが助けを求めて走ってきた。

「落ち着け、お前ら。何があった？」

大神は走ってきた子供たちを抱きとめ、背中や頭をさすりながら尋ねた。よほど恐ろしい思いをしたのか、子供たちの体は可哀想なほど震えていた。

「あの人間、いきなりぼくたちの部屋に入ってきたんだ！　びっくりして起きたら、そいつと目が合って、いきなり『ぎゃー』なんて叫んで……」

「そしたら、おれたちを打《ぶ》とうとしてきたんだ！　親父が押さえ込もうとしたけど、暴れて手がつけられなくて……」

子供たちが涙声になりながら説明している後ろでは、錯乱した女の叫び声や、あやかしたちの「待てぇ！」という声が慌ただしく響いている。どうやら女を捕まえようとしているらしい。

「分かった。お前らは部屋に隠れてな。俺がなんとかしてくる」

大神は子供たちをすぐそばの部屋に隠すと、声のする先へ足早に向かった。

向かった先では、大柄なあやかしたちが一人の女を取り囲み、羽交い締めにしている最中だった。大神の近くにいたあやかしの一人が、彼に向かって深々と頭を下げた。

「お騒がせして申し訳ありません、お館様。この人間が暴れて仕方ないものですから、やむを得ずこのような状況に……」

大神は羽交い締めにされている女を一瞥《いちべつ》した。女は大神が現れた途端、急に大人しくなった。思いもよらない美しい星空を目にしたときのように、じっと大神を見つめている。

（――こいつが、トキのもう一人の孫娘か）

すずとあまり似ていないのが気になって、大神は少しの間、彼女を凝視した。大神の視線に何か思うところがあったのか、ヒノはぽっと顔を赤く染めた。

しかしそんなヒノとは対照的に、大神は全身の毛が一気に逆立つような思いだった。

——招かれざる客だとしても、どうしてよりにもよってこの女なのだ。すずを散々貶《おとし》めた、憎き仇敵なのだ。

と、彼女をじっとりと見ていた。

「あ、貴方は……？」

夢見心地で話しかけてくるヒノに、大神は怒りを押し殺しながら優しく返事をする。

「初めまして、お嬢さん。可愛らしい子だね」

女殺しの魔性の笑みを貼り付け、とびきりの甘い声で演じる。

「お、お館様……？」

「お前たち、いけないよ。人間の女性はもっと丁寧に扱わないと」

「あの、お館様。失礼ながら、まだご体調が優れないのでは……」

大神の一番そばにいたあやかしが怪訝そうに囁いてきた。大神は「余計なことを言うな」という意味を込めて、そのあやかしに同じ微笑みを向けた。

「ほら、お前たちにすっかり怯えているじゃないか。早く放してあげなさい」

心配そうな表情を浮かべる者、明らかに困惑している者、毛虫を見たときのように青ざめている者——豹変した大神を見たあやかしたちの反応は様々だった。しかし、そこになんらかの意図があるらしいことは、全員察したらしい。命令どおり、あやかしたちはヒノを解放して一歩退いた。

「驚かせてしまってすまなかったね、お嬢さん。怪我はなかったかな？」

「は、はい……大丈夫です」

大神はヒノに向かってうやうやしく手を差し出し、立ち上がらせる。

「すまないが、今は子供たちが寝ているんだ。落ち着いて静かにしてもらえるかな」

「や、やだ、私ったら……ごめんなさい、取り乱したりして」

ヒノは顔を赤らめ、恥ずかしそうに頬を押さえている。が、視線は大神に釘付けだった。思わせぶりに上目遣いでずっと見ている。

（こいつ、面食いか）

大神は確信した。この大神の美貌に一目惚れするのは無理もないが、この女はずいぶんと反応が分かりやすい。

これは好都合だ、と大神は内心でほくそ笑んだ。

「よかったら話を聞こう。このままでは、お嬢さんも不安で眠れないだろうからね。ついておいで」

人間を見殺しにできない立場上、極寒の雪山につまみ出すこともできないのだ。なら、この機を存分に利用させてもらおうじゃないか。

大神はどす黒い情念を腹の中に隠しながら、ヒノを別室へと案内した。

＊

一体、大神はどこに行ってしまったのだろう。すずがはらはらしながら廊下をさまよっていると、

「すずちゃん、まって」『みっけ、みっけ』『おやかたさまのにおい』『にんげんのにおいも、するする」

と、彼女の肩に乗った鬼火たちが反応を示す。すずはゆっくりと足音を立てないよう、鬼火たちが示した部屋に近づいた。

「村を追放された？」

「はい、そうなんです……」

確かに大神のものらしき低い声と、ヒノの高い声が、襖の向こうから聞こえてくる。しかし、どうしてだろうか――ヒノの声は間違いないとして、大神の声には少々違和感を覚える。

ビリビリと障子を震わせる感じはあるけれど、その雰囲気がいつになく甘ったるいのだ。

普段の印象と全く違っていて、胸がそわそわする。

「これ……大神様の声、だよね？」

一応、傍らの鬼火たちに確認してみるが、「うんうん」「まちがいない」と彼らは頷いた。

「おやかたさま、きらきらもーど」「おいろけさくせん」「おんなたらし」「すけこまし」

井戸端の主婦のように囁き合っている周囲の鬼火たちから、ジュッ、ボッ、と炎がくすぶるような音が聞こえてくる。

彼らの会話から察するに、どうやら大神はヒノに色仕掛けをしているようだった。

（しかし、極度の面食いのあねさに色仕掛けが通じるとは……大神様、よっぽどいいお顔をしてらっしゃるんだな）

大神のご尊顔を目で見ることができるヒノが、すずは少々妬ましくなった。彼の前であからさまに興奮しているのも、なんだか面白くない気分だ。

「しかし、ヒノ。お前はどうやってここへ来たんだ？　見てのとおり、ここはあやかしの住む世界。人間には来られない場所のはずだが……」

「わ、分かりません。村を追い出されて、行くあてもなくさまよって、気づいたらここに迷い込んでいたんです……」

ヒノはぐすぐすと泣きながら、弱々しい声で大神に訴えた。

「私、嫁いだ先の家で、旦那様やお姑様に虐められて捨てられてしまったんです。どんなに一生懸命働いても、旦那様は私を役立たずだと仰るんです……！　さらにはあらぬ疑いまでかけて……お義母様もお義姉様も、私のことを酷く虐めてきました」

「なんてむごいことを……」

しおらしく語るヒノに、大神は表向きは同情している。年の功なのか、大神の胸の痛そうな演技はなかなかのものだ。ヒノの大根役者ぶりとは比べものにならない。

「家族は？　父母は同じ村に住んでいたのか？」

「父母は……私が幼い頃に、物の怪に襲われて亡くなりました。まだ赤ん坊だった妹を庇って……」

「そうか……なら、ヒノはずいぶん苦労したんだな」

「はい。病気で目が見えない妹を育てながら、毎日働いていました。妹のために、少しでも薬代を稼がなければと思って」

薬代なんてビタ一文もくれたことないくせに。

薬代を稼いでくれたのは、昼夜問わず出稼ぎに行っていた祖母だ。まるで祖母の手柄を横からかすめとられたようで、すずは腹が立った。

しかし、こんなところで入っていくわけにはいかないので、じっと耐えた。

「でも、その妹も……村から神様への生贄を出さなきゃいけなくなったとき……自分が生贄になると言って……っ」

ここでヒノは声を詰まらせながら、盛大に泣き崩れた。

「私、もう、誰一人家族がいないんです……っ！　帰る家もないのに、嫁ぎ先からも追い出されて、もう、どうすればいいか……！」

大神の同情を誘おうと必死なのだから。ヒノはわああっと泣き出した。

「おい、泣くなっ。大丈夫だから、泣かないでくれ」

大神も、さすがに声が大きいと思ったのか、少し焦っていた。多分、演技ではなく、本当に焦っていた。

「お前がつらい思いをしてきたことは分かった。だから、もう泣くのはやめなさい」

大神がやんわりとやめさせようとしたが、ヒノはそれでもすすり泣くのをやめなかった。

すずが本格的にイライラしてきたところで、さらに彼女の怒りの火に油を注ぐような出来事が起こった。

「お願いします、お屋敷の主様！　どうか私をここに置いてくださいませんか。なんでもいたしますから……！」

「おっ、と！」

大きな動作の音に衣擦れの音。そしてヒノの意味深な台詞。まさか、とすずは嫌な光景を思い浮かべた。

「あっ、くっついた」「ひっつきむしだ」「つつもたせ」「べったり」

鬼火たちの言葉を聞き、すずの怒りの火はついに火柱へと成長を遂げた。

（あの罰当たり――大神様に色目を使ったな‼）

彼女の肩に乗っていた鬼火は、バチバチと燃え盛るすずの怒りの炎に「ぴえっ」と声を上げて飛び上がった。

「私、貴方がお望みなら、なんだってしますわ。だからお願い……貴方だけは私を捨てないで……！」

なんだ、この気色悪い茶番は。すずは舌打ちしそうになるのを舌を噛むことでこらえた。

しかし、こんな気色悪い演技であろうとも、ヒノは村一番の美人だ。引っかかる男は、こんなものでも簡単にコロッといってしまうのである。それはもう、阿呆らしいほどに。

「こら、やめなさい。おいっ、近い！」

大神の甘い声や口調も、聞いていて分かるくらいに崩れてきている。しかしヒノの茶番はまだまだ続く。

「いいでしょう？　私、こういうのは得意なんですよ。ね、ちょっとだけ……」

大神のために辛抱強く耐えていたすずだが、もう限界だった。いや、限界などとっくに超えていた。

すずは抑えていた怒りの炎をボウボウと全開にしながら、目の前の襖も全開まで開け放った。

「いい加減にしてもらえませんか？　ものすごく気分が悪いです」

自身が出せる最低音域の声で、すずは静かに激昂した。

対してヒノは、

「は……？」

と、腑抜けた声を出して愕然としている。死んだと思っていた妹が、こんなところで姿を現したのだから当然の反応だ。

ヒノに組み敷かれていた大神は、未だかつてない仏頂面を浮かべているすずを見るや、さっと体を起こした。

「きゃっ！　ちょ、何を……！」

呆然としている隙に押しのけられ、ヒノは尻もちをついた。けれど大神はヒノには目もくれず、すずに歩み寄って抱きしめた。

「ごめんな、すず。嫌な会話を聞かせて」

「いえ、私も大人しくできずにすみません」

すずも大神をぎゅっと抱きしめ返し、彼の胸に深く顔を埋める。大好きな大神に、大嫌いな姉の体がべったり触れたことが不愉快でたまらなかった。

「どこから聞いていた？」

「この人が村を追い出されたと話していたあたりからです」

「なら、ほとんど聞いていたってことだな」

大神も途中からすずの存在には気づいていたようだった。不機嫌きわまりない様子のすずを慰めるように、背中をトントン叩いている。

「で、今の話は本当なのか？」

「まさか。半分以上がでたらめの嘘っぱちですよ」

「まあ、そうだよな。こいつ、そんな殊勝な奴には見えねえし」

「な……っ！」

ヒノは唇をぶるぶる震わせながら、何かを言おうとしている。しかし大神もすずも、不愉快のもとには一切構わない。ただひたすらお互いを慰めることだけに意識を傾けていた。

「あっ、あんたねえ！　こんなふうに人をからかうなんて、趣味がわる——」

「盲目の妹を虐げるような性悪女に言われたかねえよ」

「ッ!?　ッ、ッ!!」

なんとか二の句を継いだところで、またしても言葉を封じられるヒノ。

「お前がすずにしたことに比べれば、可愛いもんだろうが。しかもお前、屋敷の子供たちに手を上げやがっただろう。これくらいはしなきゃ、腹の虫も治まらねえ」

この馬鹿姉、そんなことまでしでかしたのか。自分の妹どころか、人様の可愛い子供たちにまで手を上げるなんて、どこまで性根が腐っているのだ。

「あんな気持ち悪いもの見たらびっくりするに決まっ――」

「けど、すず。寝室でいい子にしてなって、さっき言ったじゃないか。体がだるくてつらいだろうに……」

ヒノが懲りずに喋ろうとしたが、大神は華麗に無視を決めこんで、腕の中のすずに話しかけた。しかも、わざとヒノの声に被せるように。

「さっきは俺のせいで無理をさせちまったんだ。お前は健気だから、つらいのを我慢していたらと思うと心配で……」

大神がいつもの優しい声で、首筋の痣を指でなぞりながら話してくる。すずは耳にかかる吐息と妙な言葉選びにぞくりと肩を震わせたが、すぐに持ち直して調子を合わせた。

「もう、大丈夫ですよ。主人が出ていったのに、私だけが寝ているわけにはいきません」

こういうことで、いいのだろうか――と思いつつ、すずがあらん限りの力で演技してみると、大神は満足そうに笑った。

「ちょっと、あんた！　何がどうなってるのよ！　説明なさいっ！」

すずに向かって金切り声で叫んだヒノだが、大神はさらにすずを庇うように抱きしめた。

「うるせえな、静かにしろって言っただろうが。話は聞いてやったんだから、お前もとっとと寝てくれよ。俺はすずを補給するのに忙しいんだ」

大神はすずの額にちゅっ、と唇を落とした。初めて他者から贈られた口づけに、すずはぴゃっと飛び上がりそうになった。まさか、こんな状況で初めて口づけされることになろうとは……

「いちゃいちゃだ～」「らぶらぶだ～」「あつあつだ～」「ひゅ～ひゅ～」

鬼火たちも周りで無邪気に囃し立て、二人に加勢する。すずは今更ながら、この状況が恥ずかしくなってきた。

「何よ、それ……」

と、ヒノが歯ぎしりしながら呟くのが聞こえた。まあ、そりゃそうなるだろうな、とすずは思った。

ことあろうに、自分が落とす気満々だった絶世の美丈夫は、憎き妹を溺愛しているのだ。しかも、美丈夫はこれ見よがしに、妹の頬やまぶたに口づけを続けている。美人でモテることを鼻にかけているヒノが、妬まないわけがない。

「あ、あの、すみません……一応、人前なんですが……」

「なんだ、恥ずかしいのか？」

「恥ずかしいに決まってます……っ」

これに関しては本心だった。頼むから少し手加減してくれないか、とすずは訴えた。が。

「我慢してくれ。すずが可愛くてやめられないんだ」

と、あっさり断られてしまった。

姉への意地悪とはいえ、さすがにそろそろ切り上げたい……と、すずが困っていたところで、ヒノが悲鳴をあげるように叫び出した。

「嘘よ……ありえない……っ！　なんで、あんたがそんなに幸せそうにしてるのよ‼　あんたは生贄になって、とっくに食われたはずでしょ⁉」

元から癇癪持ちのヒノではあるが、ここまで取り乱した姿を前にしたのはすずも初めてだった。大神はくつくつと喉を鳴らして面白そうにしているけれど、すずは動じることなく冷静に事実のみを伝える。

「生贄にはなっていますよ。私は生贄として、この方に嫁入りしました」

「まあ要するに、『食われる』の意味が違ったわけだな」

「もう、貴方って人は！」

なんてことを言うのだ、とすずはニヤニヤ笑っている大神の胸をぽこっと叩いた。

傍らの鬼火たちは、「きゃー！」「けだものだー！」と、なぜか楽しそうにはしゃいでいる。

「〜〜っ！　おかしいわよ‼　あんたは猿神の生贄になったはずでしょ⁉　どうして違う男のところに嫁いでるのよ！」

ヒノがそう叫んだ瞬間、周囲の空気が一気に凍り付いた。大神もすずも、ヒノのほうへ意識を向けた。

「へーえ。猿神、ねえ？　お前、知ってるんだ？」

喉の奥で噛み殺していた笑いを堪えきれなくなったのか、大神は声を立てて笑いだした。

すずはここで、大神がわざわざヒノの前でいちゃつこうとした理由に気がついた。

「おかしいのは貴方のほうですよ、あねさ。だって、私は大神様の生贄として捧げられたはずです。どうして、ここで猿神の名前が出てくるんですか？」

「あっ……」

ヒノもここで、ようやく気づいたらしい。大神の挑発にまんまと乗せられ、墓穴を掘ってしまったことに。

「教えてやりな、すず。お前のお姉ちゃんは、少しおつむが足りねえらしい」

大神が役目を譲ってくれたので、すずは遠慮なく、言葉を失ったヒノにとどめを刺した。

「私は何もおかしくありませんよ。だって――私はこちらの大神様の生贄になったんですから」

「へ――？」

ヒノの呼吸がひゅっ……と止まった。離れても分かるほど、冷や汗のにおいがする。

「余興はしまいだ。真実を吐いてもらおうか、ヒノ」

大神は、凍りつくような低い声で、ヒノに問いかけた。

（二）

「……は、はは――あっはははは！　あはははははははっ!!」

ヒノはとうとう気をおかしくしたのか、人間のものとは思えない邪悪な声で笑い出した。

「何が悪いのよ？」

そしてぞっとするような低い声でボソボソと語り出した。怨霊のように、すずへの恨みつらみを綴り出す。

「だって、私はあんたに親を殺されて、幸せを奪われたのよ？　仕方ないじゃない。私が奪われた幸せを取り戻すには、こうするしかなかったんだもの。私はあんたを断罪して、もう一度幸せになりたかっただけ。だから、猿神の提案に乗ったの。あんたを生贄に差し出せばなんでもくれるって言ったから。だから幸せをくださいって、猿神にお願いしたの」

すずの心はこのとき、氷点下まで冷え切った。

この姉はあろうことか、自分たちを守ってくれていた大神に背き、邪神たる猿神に魂を売っていたのだ。

「それでも、貴方は幸せになれなかったんですね」

ぴしゃり、とすずが冷たく言うと、ぴたり、とヒノの呼吸が止まった。

「私を不幸にした疫病神が何を……」

「うるさいっ‼　人のせいにするな、罰当たりが‼」

すずはこれ以上喋らせるものかと、大砲並みの声量でヒノの罵倒を遮った。

「おらがいのなったあとのことなんか知るもんか！　あねさが幸せになれないのは、そうやってなんでも人のせいにして、意地悪ばかりして、わがままを言うからだ！　そんな奴なんか、誰かに救ってもらえるわけない！　村を追い出されてもまだ気づかねえのか‼」

すずの体は激情のあまり震えていた。今まで抵抗してこなかった妹が、初めて本気の反撃をしたので、さすがの姉も怯んだらしい。ヒノが上手く言い返せずにいる間に、すずは畳みかけた。

「自分がねじけているのを棚に上げて、猿神なんぞに甘ったれたツケが回ってきただけだ。自分を変えようともしない怠け者《のめしこき》のあねさなんか、一生幸せになれるもんか」

「……うるさい、うるさい……っ」

すずに攻撃されたヒノは、震える声で呟いた。水底《みなそこ》に沈んだヘドロのような黒い情念が、ヒノの口からしたたり落ちる。

「うるさい、うるさい、うるさいっ‼　私に説教するな、このゲテモノが――」

ヒノが牙を剥いた獣のような顔で、すずに掴みかかった。

そのときだった。

「めーーーっ‼」

玩具の笛のような甲高い鳴き声を上げながら、一体の鬼火が弾丸のような速度でヒノに向かって突撃した。

「ぎゃっ⁉」

「わっ⁉」

小さな隕石と化した鬼火が、ヒノの顔面にズドンと激突した。

突然の出来事に、すずも思わずびっくりしてしまう。

「すずちゃんをいじめるなー！」「「いじめるなー！」」

「すずちゃんをまもれー！」「「おーっ！」」

どこから駆けつけたのか、鬼火たちは続々と集まってきて、声を揃えてヒノに抗議する。彼らはすずを守ろうと体を膨らませながら、ヒノに体当たりを繰り返していた。

「な、何よ、こいつら――熱っ！　くっ、あっち行きなさいよっ！」

「お、鬼火さん、落ち着いて……」

ヒノは自分に突進してくる鬼火たちを払いのけようとするが、屋敷中から鬼火たちが結集してきているのか、その数は増していく一方だ。

鬼火たちがヒノを火だるまにしないか、はらはらしていたすずだが――見守りに徹していた大神が、ここでおもむろに口を開いた。

「騒々しい」

決して大きくはない――しかし地の底から響くような低い声が、騒がしい空気を一瞬で塗り替えた。すずの耳は、グル、と押し殺したような大神の唸り声をとらえた。

「女、静かにしろと何度も言ったはずだ。それ以上キーキー叫ぶなら、お前の喉笛を噛みちぎるぞ」

大神の殺意を真正面から受けて、ヒノは「ひっ」と怯んだ。

しばらく猛獣のようにグルグル唸っていた大神だったが、すっと呼吸を落ち着けると、静かにヒノへ言い放った。

「お前はすずを下に見ているようだが、すずはお前よりもよほど優れた人間だ。一生懸命働くし、親切で気が利くし、三味線も唄もできる。あやかしとも仲良くしてくれるし、毛づくろいも上手い。俺もあやかしどもも、こいつを気に入っているんだ。喚くしか能のない野猿ふぜいが、俺たちの宝を貶すな」

きっぱりと言い切った大神の声が、冬の冷たい空気に響き渡った。すずの肌にも毅然とした響きがピリピリと伝わってくる。

ヒノはほんの数秒ほど声を震わせていたが、やがて大神に向かって泣き叫ぶように訴えだした。

「どうして……⁉ 被害者は親を奪われた私なのよ……？ どうしてそいつが許されて、私は悪者扱いなのよ！ 私は私の親を殺したそいつを制裁しただけよ！」

「すずがお前の親を奪った――それは、赤子のすずを連れた両親が、物の怪に襲われた事件のことか？」

「そうよ！ 両親が死んでそいつだけ助かるなんて、どう考えてもおかしいじゃない。そいつが何かしたに決まってる！」

至極当然、この主張のどこがおかしいのだと言わんばかりに鼻息の荒いヒノ。大神はやれやれと呆れたように呟いて、静かに反論した。

「赤子のすずが、意志を持って物の怪を呼び寄せ、親を殺させたと？ 阿呆か、お前は。

物の道理も分からない赤子に、自分の親を殺そうなんて考えが浮かぶわけないだろう」

「でも！　状況からしてそうとしか思えないじゃない！」

確かに——すずの存在そのものが両親が亡くなる原因となったことは、間違いない。

それはすず自身も認めている。しかし、それでも姉の言い分は荒唐無稽《こうとうむけい》だった。

大神も眼前の女の愚かさを嘆いているようだった。

「よく分かった。お前は神でも救いようがないほど残念な頭らしい。だから——」

大神がスッと手を挙げると、途端——閉じていた部屋の襖や障子が、一斉にパン！と音を立てて開いた。

「すずが味わった不幸を、俺たちが身をもって理解させてやるとしよう」

「え——」

周囲の光景を見てヒノは絶句した。

部屋の外はいつの間にか、ひしめかんばかりの多数のあやかしたちに埋め尽くされていた。

「ついでに聞くが、お前はどうすれば猿神の情報を喋る気になる？　手始めに、すずを殴ったその手から刺身にしてみるか？」

ヒノの背後から、右から、左から——様々なあやかしが修羅の形相で彼女を睨んでいる。巨体の鬼が、一つ目の子供が、河童の子が、青白い顔の女が——様々な異形が、ヒノとの距離をじりじり詰めていく。

彼らの手には包丁やのこぎり、五寸釘に鋏など、何やら物騒な道具ばかりが握られていた。

「お館様、刺身なんて生ぬるいでしょう。刻んでつみれにしてやりましょう」

ギラギラ光る包丁を手に一歩前に出たのは、丸太のように太い腕を持った鬼だった。

「僕、爪で八つ裂きにしてあげるよ！」と応えるのは、化け猫の子供。

「いやいや、わしが石臼で挽いてやろう」と、やせ細った老人。

「それより先に生皮を剥ぐべ」と、鋭い牙の鬼。

「生きたまま手足を千切ってやろう」と、牛頭の大男。

「じっくり炙って丸焼きにしましょうよ」と、爪を伸ばした女。

「地獄を見せるなら釜ゆでじゃろう」と、鍋を手にした老婆。

恐ろしい見た目をした異形が、恐ろしい会話をしながら、恐ろしい形相でヒノに迫っていく。

当然、人間がこんな状況で正気を保っていられるわけもなく――ヒノはあまりの恐怖に白目をむいて失神した。

＊

「わはははは!!　上手くいったぜ！」

「ざまあみろってんだ、がはははは!!」

「お前ら、なかなか演技派だなあ！」

ヒノがバタンと倒れたあと、あやかしたちからどっと笑い声が起こった。肩を叩き合い、お互いを褒め合っている様子は、悪戯が成功したときの子供のようだ。

あやかしたちの物々しい雰囲気に戦々恐々としていたすずは、大神に向かって、

「あの、大神様。今のは……？」

と困惑気味に尋ねてくる。

「ここに来る前に、鬼火どもに伝令を頼んでたんだ。『屋敷中からあやかしを集めてきてくれ』って」

大神は何かあったときのために、ヒノを脅して牽制《けんせい》できるように備えておいた。そうしたらあやかしたちは「派手に一発やってやろう」とばかりに張り切っていたようで、物騒な武器まで携えてきた。しかも先頭にいたのは、特にいかつくて人間離れした見た目のあやかしばかり。

「俺は気絶するほど脅すつもりはなかったんだが……まあ、こいつにはいい薬だろう」

「じゃあ、あやかしさんたちは、あねさを止めるために演技してくれたんですね」

「ああ。本当に傷つけようとしていたわけじゃない」

まあ、本当に殺しかねなかった者も何人かいたようだが、幸いにもすずは気づいていなかった。なので、あえてその事実は言うまい。

「あねさは、これからどうなるんですか？」

「さてな。できれば出ていってほしいところだが、さすがに真冬の雪山に放り出すわけにもいくまい。今までの行いを鑑《かんが》みれば、即地獄送りにする選択肢もあるが……」

大神はここで言葉を切り、すずをちらりと見やる。彼女は固唾を呑んで、大神の続きの言葉を待っていた。

三味線を通してすずの悲劇を知った直後であれば、大神は即断即決でヒノを地獄に叩き落としていただろう。しかし。

「冬の間は幽閉して、春になったら現世のどこかに解放しようと今は思っている。上手く生き延びられるか、地獄の沙汰がどうなるかは、この女次第ってところだ」

どこか不安そうなすずの様子から察するに、彼女は姉を地獄送りにすることまでは望んでいない。大神にも一応、トキへの義理があった。

大神の答えを聞くと、すずは、

「そうですか」

と小さく頷き、ほうっと胸を撫で下ろした。

「よく頑張ったな、すず」

「大神様がおそばにいてくださったからです」

長年、自分を虐めてきた姉に立ち向かうのは、とても怖かっただろう。けれど、すずは姉に何を言われても怯むことなく、堂々と言い返してみせた。

大神はすずの背中をとんとん叩き、彼女の勇気を褒め称えた。

「お館様、この女はどうしましょうか？」

「とりあえず離れの牢に連れていけ。そのあとの処分は――」

あやかしたちがヒノを運ぼうとした瞬間――大神はどす黒い気配を察知した。

「――全員、そいつから離れろ‼」

一瞬にして剣呑になった大神の声に、あやかしたちが驚いて退くと――倒れていたヒノから、冷たくて黒い霧のようなものがぶわっとあふれ出た。強い物の怪が現れる前兆だ。大神の守り神としての本能が、『早くこいつを斬れ』と警鐘を鳴らす。

ヒノを殺すつもりはなかったが、こうなってはやむを得まい――大神は術で鉈を呼び出し、それを彼女へと振りかざした。しかし。

「おっとお！」

ガチン、と硬い鋼のような感触にぶつかり、鉈が跳ね返された。

大神は、黒い霧から現れたものを見て、吐き気にも似た嫌悪感を覚える。

剣を持った男の片腕――ヒノの背中からいつの間にか生えていた片腕が、剣で大神の鉈を防いだのだ。片腕の主は、ヒノの中からずるりと抜け出て、その姿を現した。

「危ない、危ない。俺ちゃんまで斬り殺されるところだったよお。キッキキッキッ」

緋色の髪の毛と、大神と同じ黄金色の右目を持った男が、ニタニタと笑っている。

大神にとって最大の宿敵と言える相手だった。

「――猿神っ!!」

道理で見つからないはずだ。してやられた、と大神は奥歯を噛みしめた。

猿神は今まで、自分が利用していたヒノに取り憑き、じっと身を潜めていたのだ。

人間のヒノが隠世に迷い込めたのも、この物の怪が憑いていたからだ。

この男はヒノを操り、倒れた彼女を屋敷に保護させ、まんまと大神の懐まで侵入したのである。

憤慨した大神は、猿神の頭を目がけて斬りかかった。しかし。

「わんこと遊んでる暇はないよお」

「――なっ⁉」

猿神は蛸《たこ》のようにぐにゃりと体を曲げ、大神の攻撃をかわした。間合いを軽くすり抜けた猿神は、後方にいたすずに迫り、あっという間に担ぎ上げてしまった。

「きゃあっ⁉」

「すずちゃん、も～らい！」

「ってめえ、待て――っ⁉」

猿神は足早に屋敷の廊下を駆け抜け、外へ飛び出した。すかさずあとを追いかけようとした大神だったが、足に何かが絡みついて思うように動けない。

「くそっ、離せ！　この女！」

猿神に操られているのか、ヒノは意識を失ったまま大神の足にしがみついていた。振りほどこうとすったもんだしている間にも、猿神はすずを連れて、どんどん遠ざかっていく。

「――っの、逃がす、かぁっ‼」

大神はとっさに、足から引き剥がしたヒノの首根っこを掴んで――遠く彼方を跳んでいた猿神目がけて投げ飛ばした。

「ふんぎゃ⁉」

守り神たる大神が人間を投てき武器にするとは、露ほども考えていなかったのだろう。猿神は飛来してきたヒノを避けることができず、撃ち落とされる。

大神は狼姿に変化し、猿神たちが落ちていった方角へ全速力で駆けた。

（三）

バキバキ、ベキベキと森の木々をへし折りながら、猿神は墜落した。最終的に、彼はすずを抱えたまま、降り積もった雪の上に頭から突き刺さった。

「ぶはっ！　ま、マジかよ……この距離まで人間を投げるって……。すずちゃんが大怪我したらどうするつもりだったんだよう、あの野郎お……」

空から撃ち落とされた猿神が、雪に突き刺さった頭を引き抜いた。

幸運と言うべきか——猿神が緩衝材になったことで、すずは奇跡的に無傷だった。

雪をかき分け、急いで猿神から離れようとするすずだったが、

「おっと、逃げようとしても駄目だよお、すーずちゃん」

と、猿神が彼女の腕を掴んだ。

「っ、離してください！」

「まあまあ、俺ちゃんの話を聞いてみなって」

「聞きませんっ！　誰が聞くもんですか！」

必死に抵抗するすずだが、力は言うまでもなく猿神のほうが圧倒的に強い。どんなに振りほどこうとしても、びくともしなかった。

猿神はすずの腕を強く引っ張り、自分の腕の中に閉じ込めた。

「いっ……⁉」

「考えてみなよぉ。君、今なら姉《こいつ》を殺すことができるんだよお？　仕返しするなら絶好の機会じゃないか。俺ちゃんが手伝ってあげるよお～」

猿神の言葉は、すずの頭に半分も届いていなかった。姉への仕返し云々よりも、大神以外の男に抱きしめられているこの状況が、気持ち悪くて仕方ないのだ。すずはじたばたと力の限り暴れたが、猿神は彼女の手足を押さえ込んで、もう一度囁く。

「あれだけ派手に虐められたんだよお、鬱憤《うっぷん》も溜まりに溜まっているでしょお。ここで憎しみの一つでも晴らせば、胸がす～っと気持ちよくなること間違いなしだよお～」

「嫌です！　離して‼」

猿神の呼吸が肌に触れ、よりいっそう嫌悪感が加速する。すずはたまらず、口を塞ごうとしてきた猿神の手にガブリと噛みついた。

「いったあ⁉」

怯んだ猿神は反射的にすずを突き飛ばした。すずは雪の上に倒れ込んだが、すぐさま起き上がって猿神を威嚇する。

「憎いからって誰かを傷つけるようなことをしたら、私はあねさと同じ『悪い人』になります。そうなれば彼岸《ひがん》の祖母にも顔向けできません」

「『悪い人』になる？　キキキ、何言ってんのお。そんなわけないじゃない。これは報いだよお。正義の鉄槌《てっつい》を君の手で下すだけじゃないかあ」

「正義の鉄槌なら、村を追放されたことですでに下されています」

「へえ。君、それだけで満足するんだぁあ？」

見透かしたような猿神の言葉に、どくん、とすずの心臓が揺れる。

猿神はひょこひょこと歩み寄り、首を傾けながらすずの顔を覗き込んでくる。

「君が味わってきた苦しみを鑑みれば、この女はまだまだ罰せられるべきだと思うんだよねえ。だってさあ、思い出してみなよお。こいつに酷いこと、いっぱいされたんでしょお？」

猿神は人形のようにぐったりしているヒノを掴み、すずに見せつけるように掲げた。姉の甘い肌のにおいが鼻をかすめ、彼女から受けた数々の仕打ちが脳裏をよぎる。芋づる式に蘇ってくる記憶を振り払おうと、すずは抗ったが、必死に頭を振る彼女を嘲笑うように猿神は畳みかけた。

「隠すなよう。恥ずかしがるなよう。本当は君だって願ってるでしょお？　この女に、もっと苦しんでほしいって。消えてほしいってさあぁあ？」

思ってない、とは言えなかった。正直者のすずだからこそ、言えなかった。姉にされたことを許すなんて、できようはずもない。

「君のおばあさんはもういない。とっくに死んだ人間の教えを守る必要がどこにある？　願いをひたすら我慢すれば、君がただ苦しいだけだよお。俺ちゃんがその苦しみから君を救ってあげる。だからぁ……あいつのところになんていないで、こっち側においでよ、すずちゃん」

――こんな仇討ち、大神はさせてくれないだろう？

と、最後に言い添えて、猿神はすずの頬にするりと触れた。

「……お断りします」

「何？」

「貴方ごときに救ってもらわなくても結構です」

すずは猿神の手を叩き落とした。そして猿神の期待とは真逆の答えを口にした。

相変わらずまぶたは閉ざされたままだが、すずはその向こうにいる猿神をまっすぐ見据えていた。じっと睨むように存在をとらえていた。

「大神様は、村から捨てられた私をただ慈しんでくれた。それが私にとって何よりも大きな救いだった――」

姉や村人を恨まなかったと言えば、嘘になる。自分を虐げる者たちはみんな消えてしまえばいいのに、と思ったこともあるし、大きな罰が当たればいいのに、と思ったこともある。

――けれど、大神はそんな気持ちを忘れさせてくれた。優しい日々で満たして、苦しみを溶かしてくれた。すずの幸せはここにあると、教えてくれた。

「私はもう、過去のしがらみにとらわれたりなんかしない。貴方の救いなど、私には不要です！」

ただ、大神がいればいい。たとえこの先、どんな苦しみを味わおうとも、彼となら乗り越えていける。

だから、すずは来世への希望よりも、大神と歩む道を選んだのだ。

「はーぁ、だめかあ。これだから真面目ちゃんは。仕方ないかあ」

「――ぐうぅっ⁉」

猿神がそう言うと、すずは頭に酷い激痛を覚えた。額に刻まれた呪いの痣が、びくびくと異常な速度で脈打ち始める。

「あんまり痛いことはしたくなかったんだけどさあ、言うこと聞いてくれないならしょーがないよねえ。ちょっと頭をいじっちゃおうねえ」

猿神の手がすずの額に触れる。頭の痛みはさらに威力を増した。

「う、あああああぁあっっ‼」

もう自力で立っていることができない。すずは猿神に頭を持ち上げられている状態だった。

どんな痛みにも耐えてやる心構えでいたが、想像を絶する痛みの前では何も考えられなかった。

痛くて、痛くて、ただ、痛い。全身でもがいても逃れられない、壊れてしまいそうな痛みだ。

「ぎゃあああっ⁉」

突然、猿神が悲鳴を上げた。同時に激流のように押し寄せていた頭の痛みが、ぷつんと途絶える。

雪の上に膝をついたすずの体を、柔らかな毛並みをした体が受けとめた。

「おおがみ、さま……？」

すずが名を呼ぶと、ぺっ！　と何かを吐き捨ててから、

「大丈夫か、すず！」

と、大神が呼びかけてきた。

今、誰よりも聞きたかった声——体にびりびり響いてくるような、大神の低い声が、そこにあった。

「ち、くしょおぉ‼　てめえ、今度は俺ちゃんの腕を噛みちぎったなあああああ‼」

猿神は向こう側で、痛みに叫びながら雪の上をのたうち回っているようだった。

ハッと我に返ったすずは、口元に自分の手をやり――思い切り噛みついた。

「ふんぐっ……！」

「お、おい？　何をしてるんだ、よせ！」

人の姿に戻った大神は驚きながら、すずの口に自身の指をねじ込んでやめさせた。

こじ開けられた口から、歯形がくっきりついた手がこぼれ落ちる。

「大丈夫です《ふぁいひょーうへふ》、大神様《ほぉーはひはは》」

「本当だろうな？　自分の手に噛みつくなんて正気の沙汰じゃないぞ」

違う、正気に戻るためだ。頭痛の衝撃で頭がぼんやりしていたから、早くはっきりさせるためにやったのである。

すずは釈明しようとしたが、大神に指を押し込まれているので不可能だった。

「やりやがったなあああ、犬野郎……っ！」

「黙れ、猿風情が。穢れた手で俺の番に触れるんじゃねえ！」

グルル、と大神が猿神に向かって唸った。

「は……？　つがい……って、何？　すずちゃん、まさか、その犬野郎と契っちゃったの？」

猿神がふらふらと立ち上がる。そして絶望したような、わなわなと震えた声で、ぶつぶつと呟き出す。

「そ、そんなあああ……っ！　嘘、嘘だろ……いくら俺ちゃんが嫌いだからって、お前……すずちゃんを横取りした上に、そんなことまでしちゃったの？　酷すぎじゃない？　すっかり犬臭くなってると思ったらこれええ？　ふざけんなよお、犬野郎おおお……！」

猿神はあくまで自分が被害者だと思っているらしい。残った片手で頭をかきむしり、顔のあちこちをかきむしり、大神に向かって「酷い、酷い」と恨み言を呟いている。

「手癖の悪い猿野郎が。勝手に所有者ヅラするな。すずはモノじゃない」

お気に入りのおもちゃを奪われた子供のように振る舞う猿神に、大神が軽蔑しながら言い放つ。

けれど、猿神の恨み言は加速する一方だった。

「だってえ、仕方がないじゃん？　そんな美味しそうな霊力を持った可愛い女の子を見たら、欲しくなるに決まってるじゃん。だから邪魔な親を消して、赤子の時点で呪いをかけて、俺ちゃんのお嫁さんだって目印をつけたんだよお。俺ちゃんは見・え・ざ・る・モノだからあ、目の見えないお嫁さんならもーっとお似合いになれるしぃ、すずちゃんもそのほうが喜ぶかなって思ってさあ～」

そんなことのために私から目を奪ったのか――と、すずは猿神の話を聞いてはらわたが煮えくり返った。

「あーあ、みんなに虐められて傷心のすずちゃんを俺ちゃんが助ければ、すずちゃんも俺ちゃんにメロメロだと思ったのにさぁ～。人間たちを上手いこと操って、成長するのを十年以上楽しみに待ってたのにさぁ～。最後の最後でぜええええんぶお前が横取りしちゃったんだもん。あーあーいいなあずるいなあ卑怯だなあ俺ちゃんから奪った可愛いすずちゃんと結婚しちゃうなんて酷くない？　ない？　酷いよねえええ～？」

早口で紡がれる呪詛は、聞いているだけで背筋が凍りそうなほどおぞましい。すずは大神の袖をぎゅっと掴んだ。

「こうなったら、もう一回お前をズタズタのボロボロのグチャグチャにしてやるううう。お前がすずちゃんを契りから解放しない限り、ずーっとずーっとずーっと刻んでやるからね、泣いたって許さないからね、お前が細切れになっても挽き肉になってもぜええええったいに許さないもんねえええええ」

と、猿神は大神に剣の先を向けた。

とてもまともな戦いをしそうな雰囲気には思えなかった。すずには猿神がより禍々しいものに豹変したように感じた。

すると、すずの恐怖を感じ取ったのか、大神の手がすずの肩をそっと叩いた。猿神に殺気を向けたままで、すずには包むような優しさを向けていた。

「すず。お前の周りに結界を張る。戦いが終わるまで絶対に動くなよ」

「は、はい」

大神が短く呪文を唱えると、暖かい空気の膜が、すずの周囲を囲った。それから大神はゆっくり立ち上がると鉈を握り直し、猿神の元へと向かっていく。

結界の外は、たちまち猛吹雪になった。肌を裂くような殺気が両者から放たれていた。

＊

大神の中で高まった神力が炎のように揺らめいている。夜空のような紺色の髪が、じわじわと燃えていくように、白銀へと染まっていった。

「ちぇ、ちぇ、なんだよお……『汚いモノなんて一切知りませぇん』みたいな綺麗な色しちゃってさあ……」

純白に輝く髪を見て、猿神が忌々しそうに舌打ちをする。

細く浅く呼吸をしながら、大神は猿神との間合いを計っていた。一分の隙も逃さないと言わんばかりの、一触即発の空気。

一陣の風が横切ったのを合図に、二人は同時に足を蹴り出していた。刹那《せつな》のずれもなく、全く同じ瞬間に、大神と猿神は雄叫びを上げて刃を振りかざした。

「うざい、うざい、うざいなあ！　なんでいっつもいっつも俺ちゃんの邪魔ばっかりするんだよお、この犬野郎!!」

重量で叩き斬ることに重きを置いた大神の鉈に対し、猿神はくねくねとしなやかに動く蛇腹《じゃばら》の細い剣を振り回す。大神の打撃に近い斬撃と、猿神の鞭がしなるような斬撃は、空中で何度もぶつかり合い、うなり声を上げ、激しく火花を散らし合った。

「くたばれ、犬野郎おおお!!」

「てめえがくたばれ、猿野郎!!」

大神が竜巻を呼ぶ。大神の鉈の動きに合わせて、風が唸っていた。猿神もまた剣を振るう。同じように巻き起こった竜巻が、大神の竜巻を打ち消した。

空高く飛び退いた猿神が雹《ひょう》を呼ぶ。拳大の氷の礫《つぶて》が大神に降り注ぐ。大神は羽のような軽さで雹をかわすと、降ってくる雹の一粒一粒を足場にしながら、一気に猿神の元へ駆け上がる。

大神の鉈が急速に凍りついた。刃の上からさらに氷をまとった鉈は、巨大な鈍器に姿を変える。ブンッと振り下ろされた氷の棍棒を、猿神は拳で叩き割った。

「効かないよおぉ。この右目さえあれば、俺ちゃんは神様の力が使えるんだもんねえ。五百年前のようにはいかないもんねえ！」

大神と猿神による激しい戦いは、さらに勢いを増していった。大神が仕掛けて猿神が返し、猿神が仕掛けて大神が返し、と、一進一退の攻防がひっきりなしに続いた。

「怪力も使い放題だもんねえ。天気だって自由自在だもんねえ。今の俺ちゃんは最強だからあ、よわよわになった犬野郎には負けないもんねええ～！」

猿神がべえええ、と舌を見せながら挑発してくる。彼の右眼窩にはめ込まれた黄金色の目は、爛々《らんらん》と輝いていた。間違いなく、五百年前に失った大神の右目である。

「呆れたもんだ。盗んだふんどしで相撲を取るような真似しやがって」

「落っことしたお前がマヌケなんだよお、ばあああか！」

猿神の頭上に雲が現れたかと思うと、雲から生じた雷が轟音と共に大神に襲いかかった。大神は風を起こし、地上の雪を巻き上げる。雷は竜巻と雪の壁に阻まれた。

しかし。

「――ッ⁉」

雪の障壁の向こうから猿神の剣先が伸びてきた。大神はとっさに鉈で弾き返したが、剣は蛇のようにしなやかな軌道を描いて方向を変え、彼の腕の肉を大きく削り取った。

「ぐ、ウッ⁉ ガッ……！」

「ギャハハハ！ 何度でも殺してやるって言っただろぉお！ このままお前の肉ぜぇえんぶ削ぎ落としてやるうう～！」

一度だけでは終わらない。猿神は、大神の足、脇腹、頭と、何度も彼の体を縫うように斬りつけてくる。

「大神様っ⁉　大丈夫ですか！」

吹雪の向こう側、地上のほうからすずの叫び声が聞こえた。結界の中から二人のやりとりを聞いていたらしい。

ああ、心配させてしまった――と、大神はほんの数瞬、情けない気持ちになった。

「……調子に乗るなよ、猿！」

もてあそぶように斬りつけていた猿神の足元から、突然、巨大な円錐《えんすい》型の氷柱が伸び上がる。

大神が神力で生み出した氷柱は雪の下から次々と顔を出し、猿神を串刺しにしようと襲いかかった。

猿神は軽い身のこなしでそれらを避けると、奇妙だと言いたげに首を傾げた。

「……おかしいなぁ？　極限まで神力を削ってやったのに、なんでそんなに動けるんだよお？」

大神は内心、ほっとしていた。もし、すずを贄の番にしていなかったら、自分は今頃、血を吐いて倒れていただろう。すずと契約を交わしたことである程度神力を回復していたから、こんな無茶な戦いができるのだ。

大神は額から流れた血を拭い、猿神を改めて睨み据えた。

「ああ、そうか。すずちゃんから霊力をもらったのかあ。そうかそうか、だから動きも速いし、天候も操り放題なのか。いいなあ、美味しい霊力ちゅーちゅー吸えて幸せだねえ。どこから吸ったんだよ、言ってみろよ、ええ？　すずちゃんといちゃいちゃしてちょめちょめして楽しくよろしくやってんだろ？　ほんっっとーに不埒《ふらち》な奴。ますますお前をぶちのめさなきゃいけなくなったなあぁぁ～」

「勝手に妄想して逆恨みしてんじゃねえ、ド変態野郎」

こんな気色悪い奴がすずを狙っていたと思うと吐き気がする。

大神としては、ただでさえ多くは溜め込めない神力を減らされているので、手早く戦いを終わらせたいところだった。しかし残った神力で、果たしてどこまで持ちこたえられるか。

大神が思考を巡らせていると、ふと、吹雪の向こうからすずの声が聞こえてきた。

「んん？　すずちゃんの声？　唄？」

猿神の耳にもすずの声は届いているらしい。こんな大嵐の中でも聞こえるなんて、とんでもなく力強い唄声だ。大神は視線を猿神に向けたまま、すずの唄声に耳を傾けた。

「あげんしょ　あげんしょ♪

黄色い花を　つみんしょ♪

そこかしこに　見えるは♪

ひらりひらひら　ちょうのまい♪」

歌詞が聞こえた途端——大神の心は、魂は、きゅうっと締め付けられたように痛んだ。

（四）

この唄に俺がどれだけ救われたか、すずはきっと知らないのだろう——頭の片隅に追いやられていた記憶がよみがえり、大神は少しだけ泣きそうになった。

（あぁ——一年間《ま》が空いただけなのに、すごく久しぶりに聞いた気がする）

これは彼女が唄う中で、大神が最もよく耳にしていた唄だ。真冬の川の土手に稽古しにやってきては、何度も何度も繰り返し唄っていた、声を鍛えるための唄。

病を抱え、屋敷にこもっていた頃の大神は、何度もこの唄に勇気づけられた。すずの唄には、霊力にも似た魂のようなものが宿っていた。

明るい目を奪われてもなお力強く生きようとする、気高い魂の輝き。ひたむきな想い。この唄には、すずという生命のすべてが込められている。

（本当に、上手くなったんだなあ）

神力が体の奥から泉のようにあふれてくるのを、大神は感じた。猿神につけられた傷が瞬く間に塞がっていく。神力が大神の体を瞬時に修復していた。

「あああ、なんでえ……？　なんでお前の怪我だけ治っていくんだよお！」

大神は猿神の手をチラリと見やる。どうやら大神に食いちぎられた腕は治らないらしい。同じ唄を聞いているにもかかわらず、何も恩恵を受けられないことに猿神は腹を立てているようだった。

「単純に、お前がすずに嫌われてるからじゃねえの？」

「はああ？　俺ちゃん、すずちゃんに嫌われてるの？　なんでえ？」

大神は本気で分かっていないらしい猿神に、呆れとも怒りともつかない感情がこみ上げていた。想像力のなさもここまで来ると立派である。

「お前はすずの親を殺して、目を奪って、人生をめちゃくちゃにしただろうが」

自分勝手にすずに執着し、彼女の大事なものを平気で奪った愚か者には分かるまい。彼女の苦しみも悲しみも。心に抱えた闇も。それに耐える強さも。ひたむきな努力も。――この猿風情には、何一つ想像できるわけがない。

「諦めな、猿。どうあがいたって、すずはお前を好きにならないよ」

「……うるさいよおお!!」

猿神はついに本気で怒り出した。黄金色の右目が妖《あや》しく輝き、鉈切山そのものを揺さぶるように大地が揺れ始めた。

「すずちゃんに余計なこと教えやがって!!　俺ちゃんがとんでもない大悪党だって、

お前が刷り込んだんだろ‼　ひどいひどいひどい‼」

ひどいも何も、全部事実じゃないか。と言い返したかった大神だが、猿神は怒り狂って手がつけられない状態だった。

「全部俺ちゃんのせいにしやがって‼　ああ、いいよ！　じゃあお望みどおりに大悪党になってやるよお‼　全部全部潰れろおおお‼」

ドウドウッ、と雷鳴にも似た音があたりにこだまする。何が起きるかいち早く察知した大神は、地上にいるすずの元へ急いだ。

＊

雪崩《なだれ》が、来る。

雷とは少し違う、何かが崩れ落ちていくような、迫ってくるような音。

早くここから逃げなければ、とすずが身構えたとき、上空から大神の声が聞こえた。

「すず、手を伸ばせ‼」

「大神様っ！」

声のするほうへすずが手を伸ばすと、その手をすぐさま大神が掴み上げた。空中へ引っ張り上げられたかと思うと、すずの体はぽーん、と宙を舞った。

「わ、わあああ⁉」

重力に従って自分の体が落ちていくのを感じ、すずは悲鳴を上げた。しかしその前に、ふわっと柔らかい毛の感触が落下するすずの体を受け止めた。

「ひゃ！　お、大神様っ？」

「ほら、背中にしっかり掴まれ」

すずが宙に浮いている間、大神はまた狼の姿に変化していたらしい。温かい毛皮が、冷えていたすずの体を優しく包み込んだ。

ほっとしたのもつかの間。地上の木がメキメキメキ、と聞いたこともないような音を立てて雪に流されていく。あたり一帯を飲み込んでいく雪崩に、すずはぞっとした。

「あの野郎！　俺の右目の神力をがっつり使いやがったな！」

神力があれば、地震や雪崩まで起こせてしまうのか。神の手にかかれば、天変地異を起こすなんて造作もないことなのかもしれないが、いざ目の当たりにすると身震いしてしまう。

「だが……ここまでやってくれれば、もう十分だろう」

大神はひと仕事終えたとでもいうように、ふうと大きく息を吐き、雪崩が通り過ぎた山肌に着地した。

「どういうことですか？」

「俺たちの勝ちってこと」

それは猿神も雪崩に巻き込まれたということだろうか。と、すずは大神に尋ねようとした。が、その前に。

「あああああ〜っ、もう!!　なんで生き残ってるんだよ、犬野郎てめぇええええ!!」

と、猿神が遠くで叫ぶのが聞こえた。地団駄を踏んでいるらしい。なんだか誰かさんの金切り声も一緒に聞こえてきそうだ、とすずは眉をひそめる。

「あ、すずちゃ〜ん！　君を虐めた村も雪崩でしっかり潰しておいたからねぇ〜っ！」

すずを背に乗せた大神が猿神の元へ歩いていくと、途中で彼女の存在に気づいた猿神が嬉しそうに報告してくる。

なんてことを、とすずは息を呑んだ。そんなことなど望んでいないのに残酷だ、と言おうとしたが、

「ね、俺ちゃんは悪い奴じゃないでしょぉ？　いいとこだってちゃんとあるよねぇ？　君の代わりに復讐してあげたんだよお！　これっていいことだよね？　ね、ね、ねぇ〜！」

と、猿神が自慢げに話しかけてくるので、さすがのすずも二の句が継げなかった。

「キキキッ、すごいねええ、神力。これだけ大きな災害を起こしても、まだまだ余ってるなんて！　キキキ、まだまだ殺し合いができそうだよおぉ！　次は何を起こして

やろうかなぁ？　あ、この山を噴火させてみたりと、か……——ごべ、ぼっ」

恍惚としながら喋っていた猿神は、唐突に何かを吐き出した。急な展開に驚くすずに対し、大神はにやりと笑みを浮かべる。

「終わったな、お前」

「は……？　な、なん、で？　ぼっ、ごぼ、げぼっ！」

猿神はまともな言葉を話せなくなっていた。彼の喉の奥から止めどなく何かがあふれているのだ。においからして、おそらくは血——それもいろんな体液が混ざった血だ。

「お前、俺ちゃんの体に、何をした……っ⁉」

「何もしていないよ。お前が勝手に自滅しただけだ」

「どういうことですか？」

すずが尋ねると、大神は淡々と端的に説明する。

「神力の行使は、自然の摂理をねじ曲げるこの世で最も傲慢な行為だ。そんな行為が許されるのは、神だけなんだよ」

「そんな……俺ちゃん、神様じゃ……」

動揺しきりの猿神に、大神はふんと鼻を鳴らす。

「てめえのはただの猿真似だ。神様ぶって神力を使ったところで、実際のお前は神でもなんでもない物の怪だ。神たる資格を持たない存在が神力を使ったら、当然報いが来る」

「むく……？　……う、あ、うウウ、ぐ、げ」

猿神の体がミシミシ、ボコボコと音を立て始めた。外からの圧力によって、無理やり変形させられているかのような音だ。あまりにも不気味な音に、すずはたまらず耳を塞いだ。

「あぁアアあぁああアァ!!　お前、おまえ、おまええええ!!　ざいじょがらわがってだなアアアア!?」

「調子に乗ったお前がマヌケなんだよ、ばあああか」

すずはもしや、と、ある可能性に気づいた。

大神は、この戦いが始まったときから——否、始まる前から。つまり猿神が神力で人里に雪を降らせ、持久戦を仕掛けてきたときから、計画的に動いていたのではないだろうか。

「『大神《おれ》を倒せる』と少しでもにおわせれば、お前は必ず食いついてくると思ったんだよ」

やはり、そうだ。大神は、猿神の術中にわざとはまって見せたのだ。猿神が降らせた大雪を必死に止めようとし、やりすぎて倒れることまで計算に入れて——満身創痍の自分を餌にしたのだ！

（なんて危ない賭けをするんだ、この人は！）

大神は、すずを贄の番にすることをギリギリまで渋っていた。決断が少しでも遅ければ、この戦いは相討ちになっていたかもしれない。

「あれだけ神力を消費したんだ。お前、まともな形も残らないぞ」

「ウ、アァアぁァア——ッッ!!」

猿神が悲痛な叫び声を上げながら走り出す。最後の力を振り絞って逃げようとする。少しでも大神から遠ざかるように、何度も転げながら走る。

「逃がさねえよ」

大神は天に向かって咆哮する。天は大神の声に応えるように、猿神目がけて、巨大な雷《いかずち》の矢を放つ。

鉈切山を貫く稲光と轟音が、北国島に遅い春を告げる——

（五）

「猿神を、消し炭にした……？」

「ああ。ガツンと雷を落としたら、真っ黒になっちまった」

大神屋敷の最上階、窓から暖かな日差しが差し込む中——薊は青い顔でめまいを堪えていた。

「あ、貴方というお方は……っ！」

脱力し、畳の上にがくんと崩れ落ちる薊。

宿敵を倒したというのに、どうしてそんな絶望のどん底に突き落とされたような顔をしているのだ。大神がそう聞くと、薊は、

「奪われた右目ごと消し炭にしてどうするのですか！　猿神を倒したときは必ず右目を回収してくださいと、以前からお伝えしていたでしょう！」

と、大神に向かって吠えるように文句を言った。

そう、先日——大神は猿神にとどめを刺す際、空から特大の雷を落とした。その結果、猿神は雷に焼かれ、体内にあった大神の右目もろとも炭化してしまったのだ。

「そんなにまずかったか？」

「まずいなんてものではありません！　右目がお館様の元に戻れば、貴方が長年抱えてきた病も完治させられたのですよ！　それを自ら消し炭にしてしまうなんて……っ！」

厄介な病を完治させられる機会を、大神は自らひねり潰してしまった。そのため、彼に侍医として長年仕えている薊は、こうして大いに頭を抱えているのだ。

しかしとうの大神は薊の嘆きを見ても、全く深刻そうな顔を見せなかった。

「すずの呪いは解けたんだし、それでいいんだよ。猿神の体内から右目が解き放たれたなら、あとは百年かけて少しずつ還ってくるって、蛇神も言っていたし」

「百年ですよ、百年！　百秒でも百日でもなく、百年かかるんですよ⁉」

「百年も百秒も神様にしたら同じだよ」

「神様感覚でものを言わないでください！　私はいつ蛇神様の御許《みもと》へ帰れるのですか‼」

実を言うと、薊は北国島の出身ではなかった——彼は元々、南国島の蛇神の元で修行をしていた薬師だったのだ。大神が失った右目を取り戻すまで、という期限つきで、五百年前からこの地へ派遣されていたのである。

「悪いな。あと百年、北国島でよろしく頼むわ。蛇神の承諾はもらってるからよ」

「ああ、もう……！　貴方と言い、蛇神様と言い……っ！」

薊は畳に手をつき、がっくりとうなだれた。主たちの奔放さに振り回され、いつまで経っても故郷に帰れない己の運命を盛大に嘆いた。

しかし大神が薊をここに引き留めたがる理由は、それだけではない。

「すずの目をまともに診られるのはお前だけなんだよ。北国島は医術に長けたあやかしがまだ少ないし、お前がいてくれたほうが、いざというときにすぐ頼れるだろう」

「ぬう……すず殿のためならば、致し方ありますまい」

薊は渋々ながら体を起こした。さすがにすずの名前を出されては、文句は言えないらしい。

ふと、大神は窓の向こうの景色に目をやった。人里のほうからかすかに聞こえてくる唄声に、耳をじっと傾ける。

「結局、すずの視力は戻らなかったんだな」

大神はため息まじりにぽつんと呟いた。

猿神を倒したあと、すずを蝕んでいた額の痣は跡形もなく消え去った。すずの目に食い込んでいた呪いは完全に取り除かれ、機能は正常に戻ったはずだった。

しかし、目は依然として見えないままだ。鬼火たちの介助は今までどおり欠かせない。

「人間の視覚は、赤子の頃から幼少期にかけて目を使うことで、少しずつ養われていくものです。彼女は赤子の時点で正常な視覚を奪われていましたから、呪いを解いたところで、視機能は失われたままなのでしょうね」

「成長する時期を逃しちまったからこれ以上回復することはない。……ってことか」

猿神の呪いさえ解けば、すずの視力もなんとか取り戻せるかもしれないと考えていた大神だが、そう都合よくいくものではなかったようだ。

『明るい目が欲しい』というすずの願いが叶うことは、ない。贄の番となり、新しい命に生まれ変わることもできなくなった以上、彼女の望みは絶たれてしまったも同然だった。

「すず殿が落ち込んでなければいいのですが……」

「……そうだな」

この結果を、すずにどう説明すればいいのだろうか。大神は言葉が見つからないまま、ぼんやりと人里のほうを見つめていた。

＊

大雪が止み、鉈切山のふもとにもようやく暖かな日差しが届き始めた。

五月に入って梅の花が散り、空木《うつぎ》の花が蕾をつける頃――現世では人間たちが田楽を唄いながら、せっせと田植えに勤しんでいる。

ひと足早い初夏の薫りをまとった風と、人々の喜びの唄が山を駆けていく中、唯一――もの哀しげな唄が響く村があった。

人も家畜も、何もかもが生き埋めになったその村には、今、あちこちに真新しい墓が立てられている。その中心で、一人の少女が三味線を鳴らし、弔いの唄を唄っていた。

他の村の人々が農作業で忙しくしている中、ひっそりと人目を忍ぶように現れたのは――かつてこの村で忌み子と虐げられていた少女、すずである。

「果てにたどり着いた
静かな旅路の先
迷ひ人は何を見るや
かの日に見た　懐かし空か
かの日に見た　ふるさとか
御霊《みたま》は還る
いづこへ還る
手招くは　月のひかり
どうか明けるな　この夜よ
かの人たちの　路《みち》を照らして」

ほのかに哀愁《あいしゅう》を漂わせる言葉を乗せた節は、小川の流れのように穏やかだった。大袈裟に心を揺さぶることはなく、清水のように淡々と、大地に染み渡っていく。

（因果応報って、やっぱりあるもんだなあ）

すずは村人を弔いながらも、しみじみ考えていた。

雪崩が起きたのは夜間だったこともあり、寝ていた村人は避難するいとまもなく、おしなべて生き埋めになったという。

ところが驚くべきことに――近隣の他の村は、奇跡的に雪崩の被害を免れていた。多少家が壊れたり、田畑に土砂が流れ込んだりはしたものの、人的被害は全くと言っていいほどなかったそうだ。

――余談だが九死に一生を得た近隣の村の人々は、後の世代に「大神様は我々の祈りに応えて、この地を守ってくださったのだ」「あそこの村は、大神様のお気に入りの娘を酷く虐めていたそうだから、大神様がお怒りになって天罰を下したのだ」とまことしやかに語り継いだという。

「すず、そろそろ引き上げましょ」

鎮魂歌を唄いあげた頃を見計らって、別の少女がすずに声をかけた。そして二人分の子供の足音が近づいてきていた。

「隣村の人間たちがすぐ近くまで来てるみたいだ。見つかったら面倒なことになっちまう」

「そっか。分かったよ」

同行していた二人の子供――青梅と紅梅に促されると、すずは三味線を風呂敷に包み、背中に担いだ。

すずがこっそりとここまでやってきた理由は、二つあった。

一つは、すずがすでに現世の者ではないから。生贄として神に捧げられたすずがまだ生きていると知られないためだ。

そしてもう一つは――賞賛を避けるためであった。『自分を酷く虐げた者たちにまで慈悲の心を向けるとは、なんと尊い少女だろう』……という評価を嫌ってのことだった。

すずは決して慈悲の心で行動を起こしたわけではない。自分を家畜以下に扱った村人など大嫌いだし、慈悲なんて向けてやる義理もない。ざまあみろ、とまではさすがに言わないけれど、ため込んでいた溜飲が下がったのは間違いなかった。

悪いことをすれば、悪い結果で返ってくる――だから自分は悪いことなど絶対にしない。自分の死を喜んだ愚か者たちと同じになってたまるか。冥福は祈ってやるから、せめて物の怪にはなってくれるなよ。

……という思いで、すずは村人を弔うことにしたのだった。

「……すっかり静かになっちまったなあ」

時鳥《ほととぎす》の鳴き声を耳にして、すずは空を仰いだ。

子供たちの金切り声も、犬が吠える声も、騒ぐ大人たちの声も、彼らの唄っていた楽しげな田楽も――煩わしい雑音のすべてが消えた。今はただ、木の葉が風に揺れる音と、用水路を流れる水の音と、遠く彼方を飛ぶ鳥の声だけが、すずの鼓膜を優しく叩いている。

（ああ、ここってこんげ気持ちのいい場所だったんだなあ）

人だけがごっそりと取り除かれた村で、すずは自分が育った土地の美しさに初めて気がついた。忌まわしい故郷の地を名残惜しく思う日が来るなんて、人生分からないものである。

「青梅ちゃんも紅梅くんも、ここまで連れてきてくれてありがとうね」

「どういたしまして。あたしたちも暇だったし、いいお散歩になったわ」

「冬ごもりしてたあやかしたちも、みんな帰っちまったからな」

爽やかな風に包まれながら、二人は寂しそうだった。

鉈切山に積もっていた雪が徐々に解けるにつれ、冬ごもりをしていたあやかしたちも少しずつ、屋敷から故郷へと引きあげていった。仲良くなった彼らとも、次の冬が来るまではお別れだ。

「そういえば昨日、あねさも現世に帰したんだよね」

「知ってたの？」

「うん。大神様から聞いたよ」

暖かくなるまでの間、ヒノは鉈切山の牢屋に幽閉されていた。「多少怪我をしているが、怪我の治療や食事の世話は適切に行っている。春になったら現世に帰すから、お前は何も心配しなくていい」……と、すずは大神から聞かされていた。

「帰したってことは、あねさは無事に回復できたってことだよね？」

「まあ、それなりにね」

「まあ、どうにかな」

青梅と紅梅はそれぞれ言葉を濁して答えた。すずは二人の微妙な反応に首を傾げたが、事情があると察してあえて追及しなかった。

大神の厳命により、青梅と紅梅は詳しく言えなかったが――実際のヒノの状態は、無事とは言いがたいものだった。

まず、大神が猿神をとらえるためにヒノを投げてしまったせいで、彼女は足の骨を折った。幸い致命的な怪我はしていなかったし、牢屋の中で療養したおかげで骨折は治ったが――歩行に少しばかり障害が残ってしまったのだ。まあ、これは適切に治療しようとした薊を、ヒノが強烈に拒んで暴れて悪化させたせいなので、自己責任と言えばそれまでである。

それ以上に深刻だったのは、彼女の精神状態だった。隠世に迷い込んだ時点でかなり不安定になっていたヒノは、大神屋敷で目覚めてから非常に強烈な体験をした。幽閉されている間、常に何かに怯え、睡眠も食事も満足にできないほど心を病んだ。

解放される頃には、ヒノは見る影もなくやつれていた。足を悪くした老婆のようになっていたが、今までやってきたことがやってきたことなので、彼女に同情する者は一人もいなかったという。

（まあ、あのあねさだ。どうせ懲りもせずに人に取り入って、図太く生きていくんろうて）

何も知らされていないすずは、向こうの空に浮かぶ雲のようにのんびりと考えていた。自分にはもう関わりのないことだから、気にかけてやる必要もないのだ、と。

＊

そして、その日の午後のこと。人里から離れた丘の上に立っている墓の前で、すずと大神は膝を折り、静かに手を合わせていた。

「こんなところにあったんですね。道理で村中探しても見つからなかったはずです」

「徹底してくだらねえことしてたんだな。お前のところの村人は」

すずはじっくりと心に刻みつけるように、墓石に刻まれた名前を指でなぞった。言うまでもなく、それは祖母の名前だった。

祖母の墓がこんな崖っぷちの辺鄙《へんぴ》な場所に立てられたのは、おそらく祖母が忌み子をかばう異端者であったことと、目の見えないすずに墓参りをさせないためだ。要するに、村人によるあからさまな嫌がらせである。

「でも、お墓が無事でよかった」

「ああ。こればかりは運がよかった」

不謹慎すぎる嫌がらせとはいえ、今回はそれが幸いした——祖母の墓は、村はずれにあったおかげで雪崩から免れたのである。周辺の地形が変わったり、木が倒れたりすることもなく、墓は綺麗な状態のまま残っていた。

「祖母は高いところが好きでしたし、案外気に入っているかもしれませんね」

「そいつは結構だ。ここからの眺めもいいしな」

少し強い風が二人の髪を撫でた。

「そういえば、すず。俺、お前に謝らないといけないことがあるんだ」

「？　何を謝るんですか？」

謝らなければならないようなことを、大神はしただろうか——すずは記憶を掘り返して考えてみたが、これと言って思い当たる節はなかった。

はてな、と小首を傾げていると、大神は沈んだ声で打ち明けた。

「お前に、明るい目を取り戻してやれなかっただろう。呪いは解けたけど、目までは治らなかったから……だから、すまなかった」

謝罪の言葉では足りないと、大神は地面に両膝をつき、頭を深く下げた。

「そんな！　気に病まれないでください、大神様。私は大丈夫ですから」

赤子の頃から視界のない状態だから、この暗闇にはもう慣れてしまった。鬼火たちの助けもあるので大きな問題はない。何より——

「明るい目がなくても、私にはもう、明るい場所があります」

世界は真っ暗な洞穴ばかりではない。その事実を知れただけで、すずの心は十分救われた。つらい境遇に耐え忍ぶ日々からは、もう抜け出したのだ。

「それを教えてくださったのは、他でもない大神様です。ですから、どうか謝らないでください」

「すず……」

「それに、何も変化がなかったわけではないんですよ」

「え？」

うつむきがちだった大神はぱっと顔を上げ——目を見開いた。そして目をこすってもう一度、刮目《かつもく》した。

彼の呼吸がひゅっと止まったのが分かって、すずはしてやったりと微笑んだ。

「……えっ⁉　お前っ……目が開くようになったのか⁉　いつから⁉」

「数日前から少しずつ」

初めて両目を覗かせたすずに、大神は驚きと感動でいつになく動揺している。文句なしの百点満点の反応だ。

「本当は昨夜からしっかり開けられるようにはなっていたのですが、大神様に一番最初に見てもらおうと思って、黙っていました」

ある日、まぶたの筋肉に力が入るようになったことに気づいてから、すずは密かに目を開ける練習を始めた。祖母にも見せたことのない瞳の色――それを初めて目にするのは、やはり大神であってほしかったのだ。彼なら間違いなく驚いてくれるだろうし、喜んでもくれるだろう――そう確信が持てていたから。

「大神様。私の目は、どんな色をしていますか？　分からないので教えてくれませんか」

期待を胸に、すずは聞いてみる。大神はしばらくすずの瞳を見つめたあと、

「淡い金色。……月を見ているみたいで、綺麗だ」

とため息交じりに言った。

すずはくすぐったそうに微笑んだあと、

「だってさ、ばあば。おらのお目々、お月様みたいだって。大神様は素敵なたとえ方をしてくださるねえ」

と、祖母が眠る墓のほうへ振り向きながら、にこにこと上機嫌で話しかける。

「ねえ、聞いてる？　おら、大神様のところに嫁入りするんだよ」

めったに驚くことのなかった祖母でも、これにはさぞかし驚いていることだろう――よもや自分の孫娘が、神様の元へ嫁ぐことになるなんて。

「まあ、本当に嫁入りするのは、おらが十八歳になってからだけどね」

すずは世間で言う結婚適齢期を迎えてはいるものの、『正式な結婚はまだ時期尚早だろう』と大神は判断した。十八歳になるまでは待つから、隠世の掟《おきて》や世相を学びながら、ゆっくり心を決めてほしい――それが大神からの願いだった。

それに大神は大神でやるべきことがあるらしく。

「ひとまず、他の守護神たちにすずを紹介して……秋になったら、照姫様にも報告しに行かなきゃだな。あの方は寛大だからあっさり承認してくれそうだが……頭の固いジジババはどう説得しようものか」

大神いわく、四島守護神のように確固とした地位にいる神は勝手に結婚できないという。

最大の関門はなんと言っても、天上の都にいる神々の承認を得ること。それを乗り越えなければ、正式な婚姻関係は成立しない。

なんとも悩ましげな唸り声を漏らしている大神に、すずは言った。

「それも追々、二人で考えましょう。私が十八歳になるまでは、まだ一年以上あるんです」

「……確かにそれもそうだな。今から悩んでいても仕方ないか」

すずは改めて祖母の墓の前で姿勢を正した。真剣な、けれど柔らかな面差しで祖母に伝える。

「ばあば。おらは目が見えねえすけ、幸せな結婚は無理だって、ばあばは言うたったけど……このとおり、ちゃあんと幸せになれたがよ。これからは大神様のところで精一杯おつとめするっけ、もう心配しないでね」

――もう大丈夫。このひとと一緒なら、どんなことがあっても乗り越えていけるから。

すずは、懐にしまった三味線の撥に手を当て、想いを馳せた。

暗くて苦しいだけではない、わっと驚くようなまばゆい未来が、この先に待ち受けている気がするのだ。

「俺も挨拶していいか」

「はい、ぜひとも」

大神は枕元の老人に語りかけるように話し始めた。

「久しぶりだな、トキ。あのときは美味い飯を供えてくれてありがとう。……でも俺は、お前のくれた祈りに応えるだけの働きができたとは思っていない」

大神はそこから、ずっと胸に募らせていたのであろう想いを、ぽつりぽつりと吐露しはじめた。

「お前が眠りについてから、俺はすぐにすずを助け出せなかった。お前たちをずっと見てきたのに、守るつもりだったのに、結局ギリギリまですずにつらい思いをさせた。

もう一人の孫娘についても、俺の手では救えなかった」

あたりの木々が風でざわめく中、大神はうつむきながらぽそぽそと呟いた。それなのにすずの耳には、はっきりと聞こえた。一つ一つの言葉がずっしりと、確かな重みを持っていた。

「だから――」

口を挟みたい衝動を我慢しながら、すずは続きの言葉を待つ。

「お前との約束を果たしきれなかった償いは、これからさせてほしい。お前が育てた孫娘は、俺が必ず幸せにすると誓おう」

すずは、はっと息を呑んだ。胸がぎゅっと詰まるような感覚がしたあと、目の奥からじゅわっと涙がしみ出してくる。

「泣くなよ。今から泣いてたら、あとで涙が足りなくなっちまうぞ」

「だ、だってぇ……」

親代わりの祖母の前で、大好きな大神に未来を誓ってもらったのだ。泣いてしまうに決まっている。

「すずは我慢強いのに、こういうときは涙もろいよなあ」

「こういう涙は我慢できないんですぅう……」

「まあ、俺としても我慢されちゃ困るな」

おうおう泣け泣け、と大神はすずの肩をさすった。少々茶化されていることに文句を言いたいが、あふれた涙に溺れるばかりで言葉がちっとも出てこない。

「最低でもこれくらいは約束しなきゃ、お前を大事に育てぬいた祖母《ばあ》さんに示しがつかないだろう」

泣きじゃくっているすずの額に大神が唇を寄せる。嬉しいの上塗りで泣き叫びそうなのに、お返しが思うようにできなくて悔しい。すずはせめてもと大神を抱きしめてみようとしたけども、大神の大きな体を包むのに、すずの腕は短すぎてどうにもならない。

子供が大人に甘えているようになってしまって、実に面白くない気分でいると、不意に大神が耳元で囁いた。

「ようやく手が届いたんだ。これからは俺にも、すずを大事にさせてくれ」

もう嬉しいんだか腹立たしいんだか、わけが分からない。

いろんな感情がいっぺんに吹き出して、ごちゃ混ぜになって――すずは幼い子供に逆戻りしたように、わんわん声を上げて泣き出した。すずの涙が止まるまで、大神は一言も声を発さなかった。

# 終章　大神様のお気に入り

「すず、かねてから考えていたことがあるんだが」

墓参りの帰り道――夕方の風から若草のにおいを感じていると、手を繋いでいた大神が唐突に語り出した。

「俺、これから国をあちこち回ろうと思っているんだ。ここ数年は体調のせいで満足に動けなかったけど、すずが番になってかなり安定しているからさ。現世や隠世の様子を一通り見ておきたいし、ついでに他の島の守護神にも挨拶して回りたい」

「……。では、しばらくはお屋敷を留守にされるんですね」

「ああ」

すずは寂しい気持ちを悟られないよう、平然とした顔を取り繕った。

大神にも神様としてのお役目があるのだ。私のことだけに構っていられるわけではない。わがままを言って邪魔をしてはいけない。

「だから、お前も一緒についてこないか？」

……などと思っていたので、すずはきょろん、と目を開けながら、しばらく呆気にとられた。

「でも、私は盲目のままですし……」

「分かってる。遠出するのを不安に感じるなら、無理強いはしない」

「いえ、私が不安を感じるというより、大神様が煩わしい思いをなさるのではないかと思って」

　すずは見知らぬ土地を歩くとき、必ず人の手を借りなければならない。旅路ともなれば、大神には常に行動を共にさせることになるだろう。それでは不便ではないかとすずが言えば、大神は即座に「気にするな」と返した。

「どちらかと言えば、俺がすずを連れていきたいんだ。お前が来てくれるなら、介添え役だって喜んで買う」

「喜んでなんて、そんな……」

　神様に手引きをさせるなんて恐れ多すぎる、とすずは言おうとした。が、彼女の考えることなど、大神にはとっくにお見通しのようで、

「これから先、ずっと一緒にやっていくんだぞ。嫁になる子の手助けも満足にできないで、良人《おっと》なんか名乗れるか」

　と、先手を打たれてしまった。すずの頬がボッ！　と火がついたように熱くなった。

「お、おっ、と……っ！」

「おお、いい反応だ。そうやって今から意識してもらわにゃ」

すずの頭の中を、『良人』という言葉がぐるぐる駆け回る。そんなすずを見て、カッカッと気持ちよさそうに笑う大神。

「なんなら三味線も一緒に持っていけばいい。せっかくトキに叩き込んでもらった芸なんだし、各地で弾き語りをすれば自分でお金を稼ぐこともできるぞ」

「はっ、確かに。私がたくさん唄えば、大神様の分も旅費を……！」

「いや、旅費は俺がちゃんと用意してるから。なにを当然のように二人分も稼ごうとしてるんだ」

ふんすふんすと鼻息荒く張り切るすずを、大神は落ち着けとなだめた。

「初めての旅なので、至らぬ点は多々あると思いますが……それでもよければ、お供させていただけますか？」

「もちろん。少しずつ前進していけばいい」

大神はニッと牙を見せて、すずに笑いかけた。

「期待してな。お前が思っている以上に世界は明るいんだからな」

「――はい！」

あふれんばかりの笑顔で、すずは大きな手を握り直した。

大神と一緒なら、すずはどんな道でも歩いていけそうな気がした。

貸《かし》本《ほん》屋《や》
七《なな》本《もと》三《み》八《や》の
譚《はなし》めぐり
茶柱まちこ
Machiko Chabashira
書物狂《ビブロフィリア》、
怪異を紐解く！
「本」に特別な力が宿っており、使い方次第では毒にも薬にもなる世界。貸本屋「七本屋《ななもとや》」の店主、七本三八《みや》は、そんな書物をこよなく愛する無類の本好きであった。そして、本好きであるがゆえに、本の力を十全に発揮することができる。彼はその力を使って、悩みを持つ者たちの相談を乗ることもあった。ただし、どういった結末にするかは、相談者自身が決めなければならない――本に魅入られた人々が織りなす幻想ミステリー、ここに開幕！
貸本屋
七本三八の
譚めぐり
茶柱まちこ
書物狂《ビブロフィリア》、
怪異を紐解く！
「本」に魅入られた人々が織りなす幻想ミステリー！
アルファポリス文庫
◉定価：726円（10％税込）　◉ISBN:978-4-434-32027-9
◉Illustration：斎賀時人

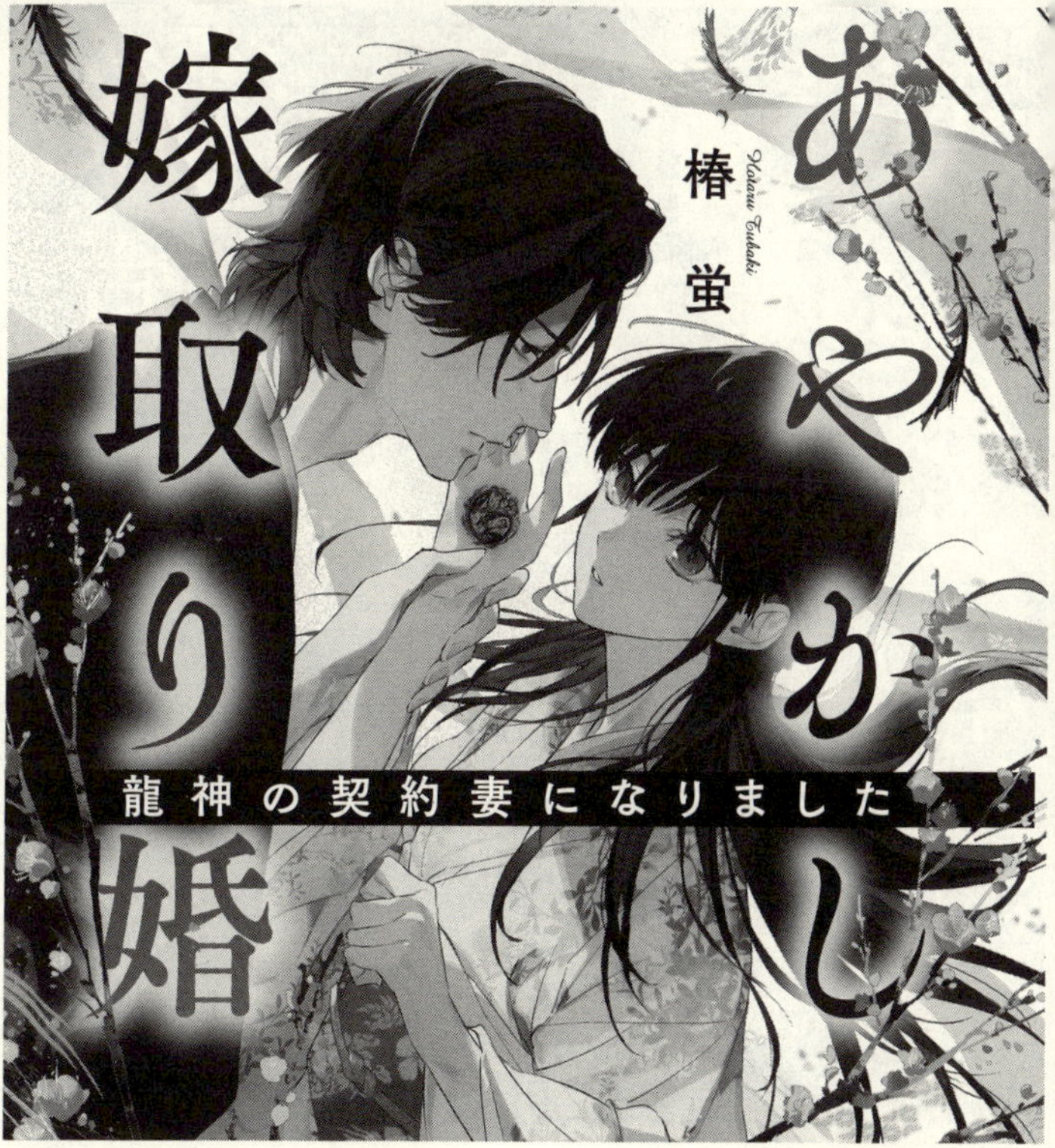


# 俺の妻はたった一人だけ

文様を奪い、身に宿す特異な力を持つ世梨は、養家から戻された「いらない子」。世梨《せり》を愛してくれる人はおらず、生家では女中同然の扱いを受けていた。そんな彼女の心のよりどころは、愛してくれた亡き祖父が作った着物から奪った文様だけ。ある日、蒐集家《しゅうしゅうか》だという千後瀧紫水《ちごたきしすい》が郷戸家を訪れる。両親が躍起になって媚びる彼は、名家・千後瀧家の当主。——そして、龍神。妻を迎える気はなかったという紫水だが、自分の妻になる代わりに、売り払われた祖父の着物を取り戻すと世梨に持ちかけてきて……？　文様と想いが織りなす和風シンデレラストーリー！

定価：770円（10%税込）　ISBN：978-4-434-35141-9

イラスト：榊空也

◉定価：770円（10%税込）　◉イラスト:宵マチ　ISBN:978-4-434-34986-7

この作品に対する皆様のご意見・ご感想をお待ちしております。

おハガキ・お手紙は以下の宛先にお送りください。

【宛先】

〒 150-6019 東京都渋谷区恵比寿 4-20-3 恵比寿ｶﾞｰﾃﾞﾝﾌﾟﾚｲｽﾀﾜｰ 19F
（株）アルファポリス　書籍感想係

メールフォームでのご意見・ご感想は右のＱＲコードから、
あるいは以下のワードで検索をかけてください。

アルファポリス　書籍の感想　検索

ご感想はこちらから

アルファポリス文庫

# 狼神様《おおがみさま》と生贄《いけにえ》の唄巫女《うたみこ》

## 虐《しいた》げられた盲目《もうもく》の少女《しょうじょ》は、獣《けもの》の神《かみ》に愛《あい》される

茶柱まちこ（ちゃばしらまちこ）

2025年 3月30日初版発行

編集ー彦坂啓介・今井太一・宮田可南子
編集長ー太田鉄平
発行者ー梶本雄介
発行所ー株式会社アルファポリス
〒150-6019 東京都渋谷区恵比寿4-20-3恵比寿ｶﾞｰﾃﾞﾝﾌﾟﾚｲｽﾀﾜｰ19F
TEL 03-6277-1601（営業） 03-6277-1602（編集）
URL https://www.alphapolis.co.jp/
発売元ー株式会社星雲社（共同出版社・流通責任出版社）
〒112-0005 東京都文京区水道1-3-30
TEL 03-3868-3275
装丁イラストーShabon
装丁デザインーAFTERGLOW
印刷ー中央精版印刷株式会社

価格はカバーに表示されてあります。

落丁乱丁の場合はアルファポリスまでご連絡ください。

送料は小社負担でお取り替えします。


ISBN978-4-434-35462-5 C0193